Allitera Verlag
Krimi

Harry Luck wurde 1972 in Remscheid geboren, wo er bei der Lokalzeitung sein journalistisches Handwerk erlernte. In München studierte er Politikwissenschaften und arbeitete bei verschiedenen Tageszeitungen, Nachrichtenagenturen und Radiosendern als Redakteur und Korrespondent. Von 2006 bis 2012 war er stellvertretender Nachrichtenchef bei Focus Online, bevor er in die Presse- und Öffentlichkeitsarbeit wechselte. Luck hat bereits sieben Kriminalromane und zahlreiche Kurzkrimis veröffentlicht, 2009 erschien im Allitera Verlag »Schwarzgeld. Ein Starnberg-Krimi«.

www.harryluck.de

Harry Luck

Der Isarbulle

Ein Kriminalroman

Nach einer Idee von
Thomas Grimmer und Harry Luck

Allitera Verlag
Krimi

Weitere Informationen über den Verlag und sein Programm unter
www.allitera.de

In Memoriam

Thalkirchner Schnitzel

August 2012
Allitera Verlag
Ein Verlag der Buch&media GmbH, München

Umschlaggestaltung: Kay Fretwurst, Freienbrink
Printed in Germany · ISBN 978-3-86906-332-4

»Schwappte nicht vielmehr das wirkliche Leben am Freitagabend in die Wohnstuben dieses Landes und an anderen Abenden in die Wohnstuben ungezählter anderer Länder? Wusste dieser Polizist nicht mehr über uns als wir selbst? Und wühlten uns sein stechender Blick und seine bohrenden Fragen nicht derart auf, dass wir zu den unglaublichsten Geständnissen bereit waren, auch wenn unsere Alibis perfekt und unsere Spuren am Tatort unleserlich waren?«

Friedrich Ani

1. Kapitel

Freitag, 7. März. 18.30 Uhr

Richard Graf von Kujawski wusste: Es war aus. Der Polizeibeamte, der ihm mit gezogener Waffe gegenüberstand, würde ihm in wenigen Augenblicken Handschellen anlegen und ihn abführen lassen. Er hatte seine Ehefrau mit ihrer besten Freundin betrogen – zwei Jahre lang. Und gleichzeitig hatte er ein Verhältnis mit dem Kindermädchen gehabt. Doch wegen dieser moralischen Fehltritte würde er nicht verhaftet werden. Graf von Kujawski stellte sein Whiskyglas auf den Mahagonitisch im Salon seiner Villa in Grünwald.

»Sie sind vorläufig festgenommen wegen des dringenden Tatverdachts, Ihre Geliebte Sonja Grunau sowie Ihr Kindermädchen Jennifer Hildebrandt ermordet zu haben«, sagte Oberinspektor Diether Grieshaber und richtete seine Waffe auf den überführten Täter.

Selbst in dieser aussichtslosen Situation bewahrte der Graf seine Würde. Er stand aufrecht und stramm und verzog keine Miene, während der Kripobeamte ihm vorhielt: »Sie sind ein Ehebrecher und Sie sind ein kaltblütiger Mörder. Sie haben den Doppelmord bis ins Detail geplant – so exakt, wie Sie in den vergangenen vierzig Jahren Ihre erfolgreichen Immobiliengeschäfte getätigt haben. Vielleicht sind Sie ein perfekter Makler, Graf von Kujawski, der durch den Kauf und Verkauf von Nobelvillen hier in Grünwald ein eindrucksvolles Vermögen angehäuft hat. Vielleicht sind Sie auch ein perfekter Liebhaber, der nicht nur aufgrund seines Vermögens attraktiv ist. Aber ein perfekter Mörder sind Sie nicht. Die Beweise sind erdrückend! Legen Sie ein Geständnis ab, das Spiel ist aus!«

»Sie mussten sterben.« Graf von Kujawski schien mit sich selbst zu sprechen und blickte gedankenverloren aus dem Fenster. »Diese Flittchen haben mein Leben ruiniert. Zerstört. Sie haben den Tod verdient.«

»Tod durch Mord?«, flüsterte der Oberinspektor, wobei er nach dem Wort »Tod« eine dramaturgische Atempause einlegte und seine Waffe noch einmal bedrohlich auf den Täter richtete.

»Cut! Kannst du die Knarre nicht ein bisschen cooler halten?«, ertönte plötzlich eine Stimme aus dem Studiolautsprecher. Und der Mann mit der Pistole in der Hand war nicht mehr der bekannte Oberinspektor, sondern der Krimidarsteller Alfons Waldbauer.
Er ließ die Waffe sinken und erwiderte: »Tomasek, wir drehen hier keinen ›Schimanski‹. Und wie ein Polizeibeamter bei einer Festnahme seine Pistole zu halten hat, weiß ich ja wohl besser als du. Immerhin gibt es dafür Vorschriften.«

Alfons Waldbauer war bekannt dafür, seine Hauptrolle in der populären Fernsehserie »Der Isarbulle« so realistisch wie möglich zu verkörpern. Bis ins letzte Detail. Dafür las er seit Jahren einschlägige Fachliteratur und pflegte innige Kontakte zu echten Kripo-Beamten. Und die hatten ihm gezeigt, wie eine Polizeiwaffe korrekt gehalten werden muss.

»Wir drehen hier aber keinen Dokumentarfilm über die Polizeiarbeit im 21. Jahrhundert«, rief der Regisseur sichtlich genervt zurück. »Dies wird ein Krimi, der am Freitagabend mindestens vier Millionen Zuschauer vor die Glotze locken muss. Wenn das nicht gelingt, kannst du dir die letzten 260 Folgen des ›Isarbullen‹ künftig um Mitternacht als Wiederholungen im Pay-TV anschauen, denn dann fliegen wir aus dem Abendprogramm. Die Leute wollen Action sehen!«

Tomasek übertrieb. Niemand beim Sender dachte daran, den »Isarbullen« abzusetzen. Aber der Quotendruck hatte auch vor den öffentlich-rechtlichen Sendeanstalten nicht Halt gemacht. Und die Zeiten, in denen der »Isarbulle« ein richtiger Straßenfeger gewesen war und über zehn Millionen Zuschauer gehabt hatte, waren längst vorbei. Mit der Serie war auch ihr Hauptdarsteller in die Jahre gekommen. Alfons Waldbauer wäre als echter Kriminalbeamter bereits vor drei Jahren pensioniert worden. Doch beim Fernsehen bestimmen die Zuschauer, wann Schluss ist. Und noch liebten sie den »Isarbullen«, der seit zweiundzwanzig Jahren mit einer Aufklärungsquote von hundert Prozent einen Mörder nach dem anderen hinter Gitter brachte.

»Alle nochmal auf Anfang«, rief Tomasek, während die Maskenbildnerin dem Darsteller des Mörders Kujawski die glänzende Stirn abtupfte.

Waldbauer wurde zornig: »Entweder ich spiele einen realistischen Polizeibeamten, oder ihr könnt euren Schrott hier alleine machen! Kruzifix! Soll ich vielleicht noch ein bisschen in der Gegend rumballern? Wollt ihr das? Ja? Wir sind hier doch nicht bei ›Alarm für Cobra 11‹.«

Auch Tomasek wurde nun wütend und schrie mit seinem unverkennbaren tschechischen Akzent: »Der Superstar hat mal wieder Sonderwünsche. Soll der Superstar doch Drehbuchautor werden und sich seine Krimis selber schreiben! Möchte er vielleicht auch noch Regie führen? Bitte sehr, dann kann ich ja gehen!«

»Ich gehe selber«, rief Waldbauer, zog seinen Trenchcoat aus, warf ihn auf das Kulissensofa und entfernte sich durch die Terrassentür. Wäre die Szene aufgezeichnet worden, sähe es für den Fernsehzuschauer so aus, als würde der »Isarbulle« in den Garten gehen. Doch die Tür am Drehort führte nur hinter die Pappkulisse, mit der der Bühnenbildner in den Studiohallen auf dem Bavaria-Filmgelände die perfekte Illusion einer Villa im Nobelvorort Grünwald erzeugt hatte.

»Was ist jetzt?«, fragte der Kameramann, und Holger Brock, der Regieassistent, seufzte leise vor sich hin. Er hatte derartige Szenen in den drei Jahren, die er jetzt den Job machte, immer wieder erlebt. Manchmal hatte er den Eindruck, Waldbauer sei der Erfolg zu Kopf gestiegen. In siebenundneunzig Ländern wurde der »Isarbulle« ausgestrahlt. In England und Amerika hieß die Serie »The Munich Cop«. Die Franzosen und Belgier kannten ihn als »Commissaire bavarois«.

»Es ist eh Zeit für Feierabend«, sagte Tomasek immer noch gereizt und zündete sich eine Zigarette an. Sigmund Öhrlingshausen, der bekannte Burgschauspieler, der in dieser Folge den Mörder mimte, betrachtete sein Whiskyglas, das nur Apfelsaft enthielt, und wünschte sich einen Schluck richtigen Alkohol. Tomasek richtete einen fragenden Blick auf Brock: »Können wir die Szene morgen früh noch nachdrehen?«

Brock sah in seinen Drehplan: »Morgen ist Außendreh am Flaucher, später im Tierpark Hellabrunn. Die Statisten und die Polizeiwagen sind für neun Uhr bestellt. Wenn wir hier um sieben Uhr weitermachen, dann schaffen wir das.«

Darauf hin sprach Tomasek über den Studiolautsprecher, sodass es alle mitbekamen: »Morgen um sieben Uhr, hier in Studio vier. Wer verschläft, kann sich nebenan bei RTL2 bewerben.«

20.21 Uhr

Jürgen Sonne und Horst Steinmayr hatten es sich auf dem Sofa bequem gemacht. Die zwei Kriminalbeamten waren keine großen Fußballanhänger, aber wenn der 1. FC Köln und 1860 München – die Clubs ihrer beiden Heimatstädte – im Halbfinale des DFB-Pokals aufeinandertrafen, dann wurden aus den beiden Fußballmuffeln plötzlich richtig begeisterte Fans, die sich mit Kartoffelchips und Bier auf einen spannenden Abend in Sonnes Wohnzimmer freuten. Sonne war mit seinen fünfunddreißig Jahren der Jüngere von beiden, sein Kollege war fünf Jahre älter und eine Besoldungsgruppe höher, was immerhin über zweihundertfünfzig Euro im Monat ausmachte. Dennoch trugen beide den Titel des Kriminalhauptkommissars. Natürlich trank Steinmayr ein Paulaner Weißbier, während Sonne sich extra ein paar Flaschen Früh-Kölsch besorgt hatte. Es waren noch knapp zwanzig Minuten bis zum Anpfiff. Steinmayr, ein dunkelhaariger kräftiger Mann mit Schnauzbart, der urbayerische Gelassenheit ausstrahlte, zappte durch die Kanäle. Er stoppte, als er auf dem Bildschirm einen nagelneuen Siebener-BMW mit Blaulicht durch die Ludwigstraße fahren sah.

»Als ob es in München nur eine Straße gäbe«, brummte er. »Immer wenn die eine längere Autofahrt filmen, zeigen sie die Ludwigstraße.«

»Absolut. Und der Wagen«, sagte Sonne lachend und dachte an den Opel Astra, den sie als Dienstwagen hatten. »Einen Siebener-BMW fährt ja nicht mal unser Polizeipräsident.«

»Ich würde gerne mal in das kranke Hirn dieses Drehbuchautors hineinschauen«, murmelte Steinmayr. »Ich bin sicher, der hat noch nie eine Polizeiwache von innen gesehen …«

»… und sich sein kriminalistisches Wissen bei Miss Marple und Sherlock Holmes abgeschaut«, ergänzte sein Kollege und griff in die Chipsschale. Hinter dem Steuer des Polizeiwagens auf dem Fernsehschirm erkannte er Oberinspektor Grieshaber. »Ich kann diesen Typen nicht mehr sehen«, sagte Sonne. »Der lief doch schon im Fernsehen, da ging ich noch in die Schule. Damals hatte er schon diesen albernen Trenchcoat.«

»Aber noch mehr Haare, genauso wie du«, fügte Steinmayr hinzu. Jürgen Sonne trug neuerdings eine Drei-Millimeter-Kurzhaarfrisur, wobei viele hier den Begriff »Frisur« schon nicht mehr als treffend empfanden und eher von einer »Glatze« sprachen. »Aber sei froh, dass du nicht mehr diesen grässlichen Thomas-Gottschalk-Lockenkopf trägst wie in deinem Führerschein.«

Nach der Trennung von seiner Freundin vor sechs Jahren hatte Sonne »die alten Zöpfe abgeschnitten«, wie er gerne erzählte. Nach siebenjähriger Beziehung war Tina den ständigen Rund-um-die-Uhr-Bereitschaftsdienst leid gewesen und hatte nach wiederholtem Fall von coitus interruptus criminalensis ihre Koffer gepackt. Danach hatte er sich vom Kölner Drogendezernat zur Münchner Mordkommission versetzen lassen, um Abstand von seinem bisherigen Leben zu gewinnen. Durch den Ortswechsel wollte er die schmerzhafte Trennung verarbeiten, und außerdem hoffte er, eine der sprichwörtlich schönen Münchnerinnen kennenzulernen. Das Kennenlernen war weniger das Problem. Nur wurde niemals etwas Langfristigeres daraus.

»Der muss doch mindestens siebzig sein. Ich hoffe, wenn wir mal in dem Alter sind, können wir die Füße hochlegen, im Park spazieren gehen und zwei Mal im Jahr auf Mallorca Urlaub machen«, meinte Steinmayr, der trotz seines leichten Übergewichts eine sportliche Figur, aber im Gegensatz zu seinem stets braun gebrannten Kollegen eine eher blasse Haut hatte.

»Ich muss Sie das fragen«, sagte der Fernsehkommissar jetzt auf dem Bildschirm. »Wo waren Sie letzten Mittwoch zwischen zweiundzwanzig Uhr und Mitternacht?«

»Letzten Mittwoch? Zwischen zweiundzwanzig Uhr und Mitternacht?«, vergewisserte sich der Verdächtige, ob er die komplizierte Frage richtig verstanden hatte. »Ich war zu Hause. Allein.«

»Zu Hause waren Sie. Soso.« Der Inspektor machte eine bedeutsame Pause. »Und es gibt keine Zeugen?«

»Ich sagte es bereits: Ich war allein.«

So schleppte sich der Dialog noch eine Weile dahin, bis Steinmayr auf den Sender schaltete, der – »präsentiert von Radeberger« – das Fußballspiel übertrug. Noch wenige Minuten bis zum Spielbeginn.

Ex-Kicker Paul Breitner analysierte wortreich die Strategien, Schwächen und Stärken der aufeinandertreffenden Vereine und ließ sich zu der zu oft gehörten Weisheit hinreißen, wonach der Pokal seine eigenen Gesetze hat. Der Moderator stellte schlaue Zwischenfragen und damit sein Fachwissen unter Beweis.

»Fehlt nur noch, dass er erklärt: Der Ball ist rund, und vor dem Spiel ist nach dem Spiel«, lästerte Steinmayr, während er langsam sein Weißbier in ein entsprechendes Glas eingoss.

»Und nicht zu vergessen: Jedes Spiel hat neunzig Minuten.«

In diesem Moment läutete es an der Tür von Sonnes Zweieinhalb-Zimmer-Wohnung in Freimann, einem Ortsteil, der nach Sonnes Überzeugung zu Unrecht den Ruf eines primitiven Arbeiterviertels genoss. Ein lediger Polizeibeamter konnte sich hier im Münchner Norden eher eine Wohnung leisten als im teuren Süden, was zweifellos an der nahe liegenden Autobahn nach Nürnberg, der Kläranlage und dem »Euro-Industriepark« lag, in dem nicht nur riesige Einkaufstempel angesiedelt waren, sondern wo auch die Kollegen von der Sitte zu regelmäßigen Einsätzen im Rotlichtmilieu gerufen wurden. Die Münchner Mietpreise waren seiner Meinung nach ein Fall für das Dezernat zur Bekämpfung der organisierten Kriminalität. Sonne war schon nach Freimann gezogen, als noch niemand ahnen konnte, dass nur wenige Kilometer entfernt in Fröttmaning das neue Münchner Fußballstadion gebaut werden sollte. Doch jetzt interessierte er sich nur für den DFB-Pokal.

Der Pizzabote brachte wie bestellt eine Pizza Funghi, eine Pizza Hawaii, einen Bauern- und einen Tomatensalat. Sonne bezahlte ein ordentliches Trinkgeld und wunderte sich nicht darüber, dass der Bote vom Pizzadienst »Napoli« ein Asiate war. München war halt eine multikulturelle Stadt, in der sich nach fünfeinhalb Jahren auch der Kölner Jürgen Sonne einigermaßen heimisch fühlen konnte. Dass er als »zuagroaster« Rheinland-Preuße ausgerechnet mit dem urbayerischen Horst Steinmayr in der Münchner Mordkommission ein Team bilden sollte, hatte beiden am Anfang zunächst ganz banale Kommunikationsschwierigkeiten bereitet. Doch im Laufe der Zeit hatte der gebürtige Münchner sich angewöhnt, mit seinem Kollegen meistens ein einigermaßen verständliches Hochdeutsch zu sprechen. Und Sonne hatte sich damit abgefunden, dass man eine Münchner Bäckerei mit »Grüß Gott« betreten muss und dass man auf gar keinen Fall »Brötchen« bestellen darf, wenn man Semmeln haben möchte, und Zwetschgen niemals mit Pflaumen verwechseln sollte.

»Ich hab mein Handy noch in der Jackentasche«, sagte Sonne. Er holte das Mobiltelefon aus der Jacke im Flur und legte es auf das oberste Brett seines Bücherregals am Fenster. Den fragenden Blick seines Kollegen erwiderte er mit den Worten: »Das ist der einzige Ort hier in der Wohnung, wo ich mit dem neuen Handy Empfang habe. Und wie du weißt, haben wir Bereitschaft.«

»Ich weiß. Und ich weiß auch, welcher Verbrecher diesen Dienstplan gemacht hat. Ich werde bei Maurer einen schriftlichen Antrag stellen, dass wir wenigstens beim Pokalfinale frei bekommen. Obwohl die Wahrscheinlichkeit, dass wir bei zwanzig Morden jährlich in der Stadt ausgerechnet heute einen Einsatz haben …«

»… genauso gering ist wie ein Pokalfinale, in dem die Sechzger mitspielen!« Sonne griff zu seinem Früh-Kölsch und rief: »Berlin, Berlin, wir fahren nach Berlin!«

»Prost«, erwiderte Steinmayr und stieß mit seinem drei Mal größeren Weißbierglas gegen die Kölsch-Stange seines Kollegen.

Die Sechzger hatten Anstoß, verloren aber sofort den Ball an einen Kölner Stürmer, dessen Lockenpracht im Wind wehte.

»Ein Verwandter von dir?«, fragte Steinmayr.

»Ja, mein Zwillingsbruder«, antwortete Sonne lachend. »Aber wir wurden immer verwechselt, daher habe ich mich …«

»… skalpieren lassen«, fiel ihm Steinmayr ins Wort.

21.46 Uhr

Dunkelheit hatte sich über die Produktionshallen des Bavaria-Filmgeländes in Geiselgasteig gelegt. Tomasek war allein an dem Drehort, wo der »Isarbulle« am nächsten Morgen noch einmal den Mörder festnehmen sollte. Der Regisseur ging die Szene durch. Die ganze Geschichte lief in seinen Gedanken noch einmal ab. Die Folge »Tod durch Mord« war bereits die zweiundfünfzigste, bei der er Regie führte.

»Was für ein absurder Titel: ›Tod durch Mord‹«, murmelte er vor sich hin, während er im Drehbuch blätterte. Die Bücher für die Erfolgsserie wurden immer schlechter. Damit stieg die Verantwortung des Regisseurs, das Bestmögliche aus der Geschichte herauszuholen. Allmählich war er es leid, mit seinem Namen für derart schlechte Krimis zu stehen. In der Tschechoslowakei war er damals, vor seiner Flucht in den Westen, ein renommierter Kinoregisseur gewesen. Die Zeit war nicht stehen geblieben. Beim »Isarbullen« scheinbar schon. Hier wurde Fernsehen der achtziger Jahre gemacht. Er hätte Ideen, die der Reihe mehr Pep geben würden. Ein bisschen Action. Nicht zu viel, wohl dosiert, sodass kein Zuschauer vor Schreck im Fernsehsessel zusammenzuckt. Doch Waldbauer schien sich gegen jede Neuerung mit einer Vehemenz zu wehren, als wollte man ihm ein Körperteil amputieren. Es war krankhaft, wie sich der Schauspieler Waldbauer mit dem Inspektor Grieshaber identifizierte. Tomasek hätte gerne zu dem Whiskyglas auf dem Mahagonitisch gegriffen, wenn es sich nicht um eine Requisite gehandelt hätte.

Er horchte auf. Ihm war, als hörte er ein Geräusch. Das Umdrehen eines Schlüssels? Kaum möglich. Er hatte um diese Uhrzeit abgesehen vom Nachtwächter noch nie eine Menschenseele in den Studios getroffen. Und er war an Drehtagen oft abends nochmal am Set. Die besten Ideen für gute Szenen und geniale Kameraeinstellungen kamen ihm immer vor Ort – wenn er allein war und ganz in seinen Gedanken versinken konnte.

Wieder hörte er etwas. Diesmal ganz deutlich: Schritte. In den menschenleeren Studiohallen wirkte selbst das leiseste Geräusch wie ein Paukenschlag im Kartäuserkloster. Ein Mensch schlich katzenartig über den Gang und näherte sich. Tomasek stand auf und wollte nachsehen. Er ging nur wenige Schritte, dann erschrak er.

»Wie kommst du hier rein?«, fragte er. »Und was machst du mit der Pistole?«

Auf die letzte Frage seines Lebens sollte er keine Antwort mehr bekommen.

22.15 Uhr

Im Autoradio hörten sie auf B5 Aktuell die letzten Minuten der Verlängerung des DFB-Pokalhalbfinales. Kurz vor dem Schlusspfiff nach der regulären Spielzeit, in der kein Tor gefallen war, hatte das Handyklingeln die beiden Kommissare vor dem Fernsehschirm aufgeschreckt. Auch die Verlängerung war torlos geblieben; nun verfolgten sie im Radio das Elfmeterschießen, während sie mit Blaulicht und Sirene durch die Stadt zum Tatort rasten. Die Strecke vom nördlichen Ortsteil Freimann zum Bavaria-Filmgelände südlich der Stadt führte sie einmal quer durch München. Sonne rechnete sich gute Chancen aus, bis zum Eintreffen in Geiselgasteig den Ausgang des Fußball-Krimis noch live mitbekommen zu können.

»Hey, Jürgen, pass doch auf, fahr nicht so schnell!«, rief Steinmayr, als Sonne am Nordfriedhof die Kreuzung Schenkendorfstraße/ Ungererstraße überquerte. Würden sie weiter geradeaus fahren, kämen sie auf die Leopold- und später auf die Ludwigstraße, die Lieblingsstrecke der Fernsehkommissare. Doch sie bogen nach links in die Dietlindenstraße, um über den Isarring an der Isar entlang und am Englischen Garten vorbei Richtung Süden weiterzufahren.

Beide Vereine hatten bisher ihre Elfmeter verwandelt, als der Radioreporter nach dem nächsten Schuss der Kölner ein lautes »Gehalten« durch den Äther jagte.

»Schau gefälligst auf die Straße!«, rief Steinmayr, als Sonne vor Entsetzen über den verschossenen Elfmeter mit den Händen auf das Lenkrad trommelte und gleichzeitig ein Motorrad die Spur wechselte, offenbar ohne die Alarmsignale des Polizeifahrzeuges zu bemerken. Sonne zog das Lenkrad nach links und scherte nach dem Motorrad sofort wieder mit quietschenden Reifen rechts ein. Er blickte in den Rückspiegel und stellte fest, dass der Motorradfahrer nur kurz ins Schlingern gekommen war und seine Fahrt jetzt sicher fortsetzte. Sonne beschleunigte wieder das Tempo.

Während der nächsten Minuten verfolgten sic mit gegensätzlichen Gefühlen, wie die Spieler der Sechzger jeden weiteren Elfmeter verwandelten und damit ins Pokalfinale einzogen. Sonne schwieg für den Rest der Fahrt, und Steinmayr streute Salz in die Wunden seines Kollegen, indem er mit variiertem Text einen Gospelsong anstimmte: »Und wir holen den Pokal, halleluuuuuuuja …«

Nach knapp zwanzig Minuten fuhren sie auf das Filmgelände. Für den Nachtpförtner, der die Schranke an der Haupteinfahrt bediente, war es nichts Außergewöhnliches, Polizeifahrzeuge durchzulassen. Doch nur selten saßen darin wirkliche Kriminalbeamte. Zwei Streifenwagen, ein Notarztwagen und mehrere Zivilfahrzeuge mit Blaulicht auf dem Dach standen bereits vor Halle vier auf dem

Gelände, das mit seinen vielen Gebäuden, Straßen und Kreuzungen eine richtige kleine Stadt darstellte. Kriminaloberkommissar Hakan Caliskan – ein gebürtiger Türke mit deutschem Pass und bairischem Dialekt – erwartete Steinmayr und Sonne bereits.

»Was ist denn mit dir los?«, fragte er, als er das griesgrämige Gesicht von Jürgen Sonne sah.

»Du hast ja keine Ahnung«, antwortete Sonne. »Du weißt nicht, was es für einen Fußballfan bedeutet, die entscheidenden Minuten des Untergangs am Autoradio miterleben zu müssen. Bist du schon lange hier?«

»Als der Alarm vom Kriminaldauerdienst kam, war ich bei Petra in Fürstenried. Das liegt ja schon fast auf halber Strecke hierher.«

»Du bist in letzter Zeit öfter bei deiner neuen Flamme als zu Hause, kann das sein?«, fragte Sonne.

»Kann schon sein«, erwiderte Caliskan und lachte. »Ich habe halt auch meine schönste Nebensache der Welt.«

»Zur Sache, Männer«, sagte Steinmayr und fragte seinen jungen Kollegen: »Was ist passiert?«

Caliskan referierte die wichtigen Fakten, wie auf der Polizeischule gelernt: »Der Notruf ging um zweiundzwanzig Uhr drei in der Einsatzleitstelle ein. Der Nachtwächter vom Sicherheitsdienst, er steht dort drüben, hatte bei seinem Routinerundgang zwei Schüsse in Halle vier gehört. In der Studiokulisse fand er die Leiche von Drahomir Tomasek, neunundfünfzig Jahre alt, von Beruf Fernsehregisseur. Nach erstem Augenschein von zwei Schüssen in den Oberkörper tödlich getroffen. Mehr wird der Notarzt sagen können. Außer dem Nachtwächter gibt es keine Zeugen. Die Kollegen vom K 311 sind schon bei der Arbeit.«

Hinter den rot-weißen Plastikbändern mit der Aufschrift »Polizeiabsperrung« hatte ein Dutzend Männer vom Kommissariat 311 in weißen Schutzanzügen ihre Silberkoffer geöffnet und penibel damit begonnen, sämtliche Spuren – von Fingerabdrücken über Haare bis Textilfasern – zu sichern, einzutüten und zu beschriften. So manche auf den ersten Blick völlig belanglose Spur hatte sich später als das entscheidende Mosaiksteinchen bei der Aufklärung eines Verbrechens erwiesen.

»Dann schauen wir uns das mal an«, sagte Sonne und entdeckte im gleichen Moment einen jungen Mann, der einige Meter hin und her lief und dabei sein Mobiltelefon wie eine Wünschelrute vor sich hertrug.

»Wer sind Sie, und was machen Sie hier?«, fragte Steinmayr den Wünschelrutengänger.

»Ich suche eine Stelle, wo mein verdammtes Handy endlich Empfang hat.« Er zeigte seinen mintfarbenen Presseausweis im Scheckkartenformat und sagte: »Ich bin Frank Litzka. Polizeireporter von der ATZ.«

Jetzt erkannte Sonne das Gesicht des jungen Journalisten. Er hatte diese Presseausweise schon oft gesehen. In fast unleserlichen Minibuchstaben legitimierten sie den Inhaber, »sich zur Erleichterung seiner Berufsausübung innerhalb der behördlichen Absperrungen zur aktuellen Berichterstattung aufzuhalten, sofern dies nicht aus zwingenden Gründen verweigert werden muss«.

Er nahm den Ausweis in die Hand. »Eigentlich müsste hier drauf stehen: ›Der Inhaber ist berechtigt, den Polizeifunk abzuhören, um noch vor den Beamten am Ort des Verbrechens eintreffen zu können, damit er sofort eine reißerische Schlagzeile formulieren kann.‹ Dann wäre Ihr Verhalten legitim. Aber das steht hier nicht. Es ist ja nicht das erste Mal, dass Sie noch vor der Polizei am Tatort sind, Herr Litzka. Dass Sie den Polizeifunk abhören, werden wir Ihnen irgendwann schon noch nachweisen.«

Litzka reagierte nicht auf die Worte des Kommissars. Endlich zeigte sein Handydisplay Empfang an. Er wählte die Nummer des Nachtredakteurs seiner Zeitung.

»Ihr müsst den Aufmacher rausschmeißen. Ich habe eine neue Schlagzeile: ›Mord beim Isarbullen. TV-Regisseur im Studio erschossen.‹ Ich schreibe euch zwanzig Zeilen für die Eins und nochmal vierzig Zeilen für den Lokalteil. Habe meinen Laptop dabei. Ich schaffe es bis zum Andruck um Mitternacht.«

Frank Litzka, der seine Artikel mit dem Redaktionskürzel »flitz« unterschrieb und daher überall mit seinem Spitznamen »Flitzer« bekannt war, war als freier Mitarbeiter einer der beiden Münchner Boulevardzeitungen mit modernster Technik ausgerüstet, damit er von seinem tragbaren Computer aus einen Text drahtlos in die Redaktion schicken konnte. Das Einzige, was er brauchte, war Handyempfang. Offenbar hatte die Konkurrenz von dem Fall nichts mitbekommen, so konnte er sich auf einen exklusiven Aufmacher am nächsten Tag freuen.

»Wahrscheinlich weiß er wieder mehr als wir«, sagte Sonne genervt. Die beiden Kommissare ließen den hochgewachsenen, hageren Reporter mit den kurzen dunklen Haaren und der kleinen randlosen Brille in der Dunkelheit zurück.

Sie betraten die Halle, die inzwischen vom gleißenden Licht der Studioscheinwerfer ausgeleuchtet war. So mussten die Beamten von der Spurensicherung nicht ihre eigenen Lampen aufbauen. Die Atmosphäre war unwirklich: In der Fernsehkulisse lag vor zahlreichen Kameras eine Leiche in einer Blutlache. Man erwartete, dass in jedem Moment eine Stimme aus dem Off »Cut« rufen und der Tote mit den beiden Einschusslöchern in der Brust sich das Filmblut abwischen und aufstehen würde. Steinmayr näherte sich der Leiche und sah das Manuskript auf dem Boden liegen, das Tomasek bei seinem Tod in der Hand gehalten hatte. Auf dem Deckblatt stand in großen Lettern: »TOD DURCH MORD«.

22.46 Uhr

Sie vernahmen zunächst den einzigen Zeugen. Er saß auf einem Stuhl in einem kleinen Raum, in dem sich tagsüber die Komparsen aufhielten, wenn sie stundenlang darauf warteten, für eine Tagesgage von neunzig Euro durchs Bild zu laufen oder Passanten zu mimen. Steinmayr setzte sich ihm gegenüber hin, während Sonne auf und ab ging und sich auf einem Block Notizen machte.

»Zwei Schüsse. Kurz nacheinander«, schilderte der Ohrenzeuge knapp seine Wahrnehmung.

»Sie wussten sofort, dass es sich um Schüsse handelte?«, fragte Sonne.

»Ich bitte Sie!«, entgegnete der Wachmann empört. »Für meinen Job muss ich den Umgang mit der Waffe beherrschen. Wir haben regelmäßig Schießtraining. Da weiß ich sehr wohl, wie ein Pistolenschuss klingt und wie eine durchgeknallte Sicherung.«

»Haben Sie vorher irgendjemanden auf dem Gelände gesehen?«, fragte Steinmayr.

»Ja. Tomasek.«

»Was machte er so spät noch auf dem Filmgelände?«, wollte Sonne wissen.

»Er war oft abends hier. Nach hektischen Drehtagen. Manchmal, wenn ich ihm auf meiner Runde begegnete, rauchten wir eine Zigarette zusammen und quatschten zwei Minuten. Er kannte sicherlich nicht meinen Namen. Aber er kannte mein Gesicht. Einmal erzählte er, dass er es genieße, die Studioluft ohne Hektik und Stimmengewirr zu atmen. Er sagte, wenn er die tote Kulisse betrachte, sehe er die Figuren wie aus dem Nichts auftauchen und ihre Rolle spielen.« Kurz hielt er inne und fügte dann hinzu: »Ich glaube, er hat gekokst.«

Steinmayr sah ihn fragend an.

»Ist doch gang und gäbe hier. Aber darüber will ich nicht sprechen.« Der Wachmann zuckte mit den Schultern und genoss es offenbar, den Szenekenner zu geben. Doch Steinmayr ging darüber hinweg.

»Was taten Sie, nachdem Sie die Schüsse gehört hatten?«

»Ich lief zur Halle. Und um Ihre nächste Frage vorwegzunehmen: Nein, mir ist niemand mit gezogener Pistole entgegengekommen. Ich fand den Toten so, wie er jetzt noch da liegt.«

Sie bestellten den Zeugen für den nächsten Vormittag ins Polizeipräsidium, wo er seine Aussage unterschreiben sollte. Mehr Zeugen gab es im Moment nicht zu vernehmen. Sie traten wieder vor die Produktionshalle, wo der Reporter Litzka gerade seinen Laptop zusammenklappte.

»Und immer schön bei der Wahrheit bleiben«, mahnte Sonne.

»Und Sie, immer schön den Mörder finden«, erwiderte Litzka, den Tonfall des Kommissars nachäffend. »Wir sehen uns wieder«, rief er, als er schon fast verschwunden war.

»Das mit dem Polizeifunk werden wir ihm eines Tages nachweisen«, brummelte Steinmayr.

Der Notarzt klappte seinen Koffer zu und sprach mit Staatsanwältin Heidrun Staudinger, die soeben am Tatort eingetroffen war. Steinmayr und Sonne traten zu ihnen.

»Da gibt's nicht viel zu untersuchen«, sagte der Arzt. »Er muss sofort tot gewesen sein. Sieht so aus, als ob die erste Kugel die Lunge und die zweite das Herz zerfetzt hat. ›Unnatürlicher Tod‹ kann man da guten Gewissens auf dem Totenschein eintragen.«

»›Tod durch Mord‹ könnte man auch sagen«, murmelte Sonne.

Unterdessen hatten die Experten von der Spurensicherung ihre ersten Arbeiten abgeschlossen. Kommissar Kellerbach vom K 311 fasste die Erkenntnisse zusammen: »Zwei Schüsse, beide aus etwa zwei Metern Entfernung abgefeuert. Da war es nicht schwer, das Ziel zu treffen. Beide Treffer in den Brustbereich waren tödlich. Interessant sind die Patronenhülsen: Kaliber neun Millimeter.«

»Neun Millimeter?«, fragte die Staatsanwältin.

»Um genau zu sein: Kaliber neun Millimeter mal neunzehn«, präzisierte er seine Angaben und gab damit den Durchmesser und die Länge der Kugel an.

Sonne und Steinmayr blickten sich kurz an. Dann sagte Sonne: »Das ist wirklich sehr interessant. Und Sie täuschen sich nicht?«

Er zog seine Frage sofort zurück, als er die entgeisterte Miene des Spurenexperten sah. Beiden war klar, was dieses Kaliber bedeutete: Eine Polizeikugel wurde nicht alle Tage in der Leiche eines Mordopfers gefunden.

2. Kapitel

Samstag, 8. März. 6.30 Uhr

Holger Brock hätte beinahe einen Auffahrunfall verursacht, als er auf der Landshuter Allee beim Überqueren der Dachauer Straße an einem Zeitungsautomaten die Schlagzeile las und abrupt bremsen musste. Zehn Zentimeter groß waren die Buchstaben, mit denen auf der Titelseite der ATZ verkündet wurde: »Mord beim Isarbullen – Regisseur im Studio erschossen«. Es war bereits die dritte Rotphase an dieser Kreuzung. Da er täglich auf dem Weg von seiner Wohnung in Ingolstadt ins Studio hier auf dem Mittleren Ring im Stau stand, konnte er die Länge der Ampelphasen ziemlich genau einschätzen. Der Regieassistent sprang aus dem Wagen und nahm sich eine Zeitung aus dem stillen Verkäufer, ohne der Warnung vor den »ständigen Zahlungskontrollen« an dem Selbstbedienungsautomaten Beachtung zu schenken. Nach wenigen Sekunden saß er wieder hinterm Lenkrad, und bis es Grün wurde, konnte er die ersten Zeilen des Artikels im typischen abgehackten Boulevard-Stil lesen:

»Diesmal waren es keine Platzpatronen! Die Schüsse fielen am späten Abend. Auf dem Bavaria-Filmgelände. Der Mord stand nicht im Drehbuch. Der Tote ist Drahomir Tomasek (59) – niedergestreckt von zwei Schüssen. Er war mitten in den Dreharbeiten zu einer neuen Folge von ›Der Isarbulle‹. Doch jetzt ermittelt kein TV-Kommissar, sondern die echte Mordkommission. Das Tatmotiv ist völlig unklar. Fieberhaft fahndet die Polizei …«

Jetzt schaltete die Ampel auf Grün und Brock konnte mit seinem Golf die Kreuzung überqueren. Tausend Gedanken schnellten ihm durch den Kopf. Ihm war klar, dass heute keine Dreharbeiten stattfinden würden. Dennoch fuhr er geradewegs zum Studio.

»Da kommt einiges auf uns zu«, sagte Steinmayr zu Sonne.

Die Studiohalle war als Tatort abgesperrt und versiegelt worden. Die Nachricht vom Tod des Regisseurs hatte sich am frühen Morgen wie ein Lauffeuer in der Crew verbreitet. Einige aus dem Team waren sogar noch in der Nacht von Kripo-Beamten aufgesucht und nach ihren Alibis gefragt worden. In der Filmhalle hatte die Mordkommission zwei provisorische Vernehmungszimmer eingerichtet. Alle Mitglieder des Filmteams mussten befragt werden.

»Weißt du noch, wie viele Namen im Abspann des ›Isarbullen‹ zu lesen sind?«, fragte Steinmayr. »Von der Maskenbildnerin bis zur Assistentin des Aufnahmeleiters. Ich hoffe, du hast genug Notizpapier für die Vernehmungen dabei.«

Mit Grauen dachte Sonne an die Schreibarbeiten. Jede Zeugenbefragung musste schließlich abgetippt werden. Das wurde in den Fernsehkrimis nie gezeigt.

Kommissar Hakan Caliskan brachte ihnen eine Liste mit allen Mitarbeitern, die zum Team gehörten. Und nach und nach kamen sie an den Drehort. Überall wurde leise geredet, fast andächtig wie in einer Kirche. Die Leiche war zwar schon in der Nacht abtransportiert worden, dennoch schien es allen unangebracht, laut zu sprechen. Völlig still wurde es, als der schwarze Mercedes von Franz-Xaver Silbermann auf das Gelände fuhr.

Der Produzent des »Isarbullen« ließ sich seit seinem siebzigsten Geburtstag vor vier Jahren nur noch selten bei den Dreharbeiten sehen, obwohl er ein Büro auf dem Bavaria-Gelände hatte. Er war auch der »Erfinder« des »Isarbullen« und hatte die Serie weltweit erfolgreich gemacht. Kein Mensch hatte so viele Morde auf dem Gewissen wie er. Vor zweiundzwanzig Jahren, als der »Isarbulle« seinen ersten Fall löste, waren Silbermanns Haare noch schwarz gewesen. Jetzt hatten sie eine zu seinem Namen passende Farbe angenommen. Er war der Grandseigneur des deutschen Fernsehkrimis. Zahlreiche Krimiserien wurden von seiner Firma, der Isar-Television GmbH, produziert. Das tägliche Geschäft hatte Silbermann längst an seinen Produktionsleiter weitergegeben, außerdem hatte er seit drei Jahren einen Juniorpartner und Teilhaber. Doch der war jetzt tot, in der vergangenen Nacht auf dem Studiogelände erschossen.

Silbermann stieg aus seinem Wagen, der von seinem persönlichen Assistenten gelenkt wurde. Es gab Mitarbeiter bei Isar-Television, die ihrem höchsten Chef noch nie persönlich begegnet waren. Und so machte sich eine ehrfurchtsvolle Stille in der Crew breit. Auch Sonne und Steinmayr kannten Silbermann nur von den Promi-Seiten der Klatschzeitungen. Wie er mit seiner blau getönten Brille, dem Seidenschal und dem silbernen Gehstock an seinen Mitarbeitern entlangschritt, erweckte er den Eindruck, als wollte er auf eine Bühne treten und dort den »Bambi« oder die »Goldene Kamera« entgegennehmen. Die dunkle Brille ließ seine Emotionen nicht erkennen. Erst als er zu sprechen begann, bemerkte jeder die tiefe Betroffenheit in seiner Stimme.

»Liebe Kollegen«, begann der Produzent. »Ich kann mir vorstellen, dass die Ereignisse der vergangenen Nacht Sie alle sprachlos machen. Jeder hier ist fassungslos und entsetzt. Viele von Ihnen, die von Anfang an mit mir zusammenarbeiten, haben seit zweiundzwanzig Jahren mit Mord zu tun. Wir haben schon viele Leichen gesehen – auch wenn es nur Fernsehleichen waren. Dass Menschen getötet werden, gehört für uns alle zum täglichen Handwerk. Doch nun haben wir es mit einem echten Mord zu tun.« Er stockte und holte Luft. Er rang sichtlich um Fassung. Dann sprach er weiter mit seiner sonoren Stimme, die ihm eine Karriere als Märchenerzähler ermöglicht hätte: »Verehrte Kollegen, nach diesem Tag wird nichts mehr so sein wie es war. Ein Kollege – für viele von uns auch ein Freund – ist ermordet worden. Bei jedem Fernsehmord, den wir künftig drehen, werden wir uns an dieses schreckliche Ereignis erinnern. Aber wie heißt es in unserer Branche so schön: *The show must go on.* Jeder Drehtag, den wir verlieren, kostet uns viel Geld. Es wäre nicht in Drahomirs Sinne, die Dreharbeiten abzubrechen. Wie Sie wissen, war er als Co-Autor an diesem Drehbuch beteiligt. Er hätte gewollt, dass diese Folge weitergedreht wird. Dennoch: Der heutige Drehtag ist hiermit abgesagt. Wir verschieben die Produktionsarbeiten um einen Tag, wir machen am Montag weiter. Brock, Sie bemühen sich, den verlorenen Tag durch einen neuen Drehplan wieder reinzuholen. Notfalls streichen Sie einen freien Sonntag. Heute halten Sie sich bitte alle für die Herren von der Polizei bereit. Seien Sie kooperativ und beantworten Sie alle Fragen! Es ist in unser aller Interesse, dass dieses Verbrechen schnell aufgeklärt wird.« Silbermann schwieg einen Moment. Er war ein Meister der Dramaturgie. Dann beantwortete er die unausgesprochene Frage, die während seiner ganzen Ansprache in der Luft hing: »Die Regie übernimmt während der restlichen Drehtage ...«, sein Blick schweifte über die versammelte Mannschaft, dann zeigte er mit seiner ausgestreckten, leicht zitternden Hand auf den jungen Mann, der mit verschränkten Armen an der Studiowand lehnte, »... Holger Brock. Ich weiß, Herr Brock, dass es Ihr Regie-Debüt ist. Und sicherlich hätten Sie sich das unter anderen Umständen gewünscht. Aber Sie haben lange genug mit Drahomir zusammengearbeitet, um zu wissen, wie Sie diesen Film in seinem Sinne zu Ende bringen werden. Meine Damen und Herren, ich danke Ihnen.«

Steinmayr beendete die wenigen Sekunden der Stille. »Herr Silbermann, haben Sie noch einen Moment Zeit für uns?«

»Selbstverständlich, kommen Sie mit in mein Büro.«

Steinmayr begleitete Silbermann, während Sonne und Caliskan mit den ersten Vernehmungen begannen.

7.15 Uhr

Sonne bestellte als Erstes den Regieassistenten in das Vernehmungszimmer. Er war der Einzige, dessen Namen und Funktion er nun kannte. Und dass er die Nachfolge des Ermordeten übernehmen sollte, war ansatzweise so etwas wie ein Motiv.

»Darf ich Ihnen zu Ihrem neuen Job gratulieren?«, fragte er Brock provokant.

»Sie können mir glauben, dass sich meine Freude in Grenzen hält. Von heute auf morgen in einer laufenden Produktion die Regie zu übernehmen, ist sicher nicht der Traum eines jeden Regieassistenten. So etwas braucht Vorbereitung.«

»Aber vielleicht erhalten Sie jetzt eine Chance, die Sie sonst erst in einigen Jahren bekommen hätten?«

»Möglich. Aber jeder weiß doch, dass ich der Notnagel bin, weil kein anderer da ist. Glauben Sie, man findet von einem Tag auf den anderen einen Top-Regisseur? Die kann man sich nicht beim Arbeitsamt bestellen. Wahrscheinlich bin ich bei der nächsten Produktion wieder der Assi.«

Brock war ein sportlicher Mann, Anfang dreißig und mit einer glänzenden Fönfrisur wie aus dem Werbespot für »Head & Shoulders«. Sein Fünf-Tage-Bart und sein aus der Hose hängendes Hemd hätten jeden anderen liederlich wirken lassen. Ihm gab es etwas Unkonventionelles. Er schien sich wirklich nur begrenzt über seinen plötzlichen Aufstieg zu freuen. Wenn er jedoch seinen Chef aus dem Weg geräumt hatte, um dessen Platz einzunehmen, dann wäre es unklug von ihm, jetzt die Freude über das Erreichte zur Schau zu stellen.

»Herr Brock, Sie kennen diese Routinefragen aus den Drehbüchern. Wo waren Sie gestern Abend zwischen …«

Brock unterbrach: »Ich war den ganzen Abend zu Hause. Nach dem Zoff hier am Set bin ich direkt heimgefahren. Ich wohne in Ingolstadt. Dort bin ich gegen zwanzig Uhr angekommen. Ich habe den Abend über das Haus nicht mehr verlassen.«

»Zoff?«, fragte Sonne interessiert.

»Ja. Tomasek und Waldbauer haben sich in die Haare gekriegt. Es ging mal wieder um das Übliche: Tomasek wollte ein bisschen mehr Drive in die Szenen bringen, und Waldbauer wollte lieber ein Doku-Drama draus machen. Danach hat Tomasek den Dreh abgebrochen. Die Stimmung war zu gereizt.«

»Kam es deswegen öfter zu Auseinandersetzungen?«

»Ja. Waldbauer hat im Laufe der Jahre eine Liebe zum Detail entwickelt, die schon fast krankhaft ist. Er hat einen Spezl bei der Polizei, diesen Lechner, mit dem er regelmäßig zusammen im Augustiner sitzt und von dem er sich aus dem Polizeialltag berichten lässt. Er hat die Vorstellung, den ganzen Action-Krimis eine möglichst realistische Darstellung der Polizeiarbeit entgegenzusetzen. Ich glaube, er ist sogar Mitglied in der Polizeigewerkschaft und hat eine Fachzeitschrift für Kriminaltechnik abonniert. Wenn ein Regisseur Wert auf einen spannenden Film legt, dann muss das natürlich oft auf Kosten der Realitätsnähe gehen.«

»Absolut. Ich glaube, es wäre ziemlich langweilig, unseren Polizeialltag realistisch zu zeigen. Ich habe noch nie einen Fernsehkommissar Vernehmungsprotokolle tippen sehen.«

»Wie dem auch sei. Aber ich glaube nicht, dass Waldbauer Tomasek deshalb umgebracht hat.«

Der Gedanke, dass ein Fernsehkommissar, der zum Inbegriff für Recht, Ordnung und Moral geworden ist, zum Mörder wird, war auch für Sonne jenseits des Vorstellbaren.

»Worum genau ging es beim gestrigen Streit?«, fragte Sonne, und Brock schilderte die Szene, die sich am Vortag abgespielt hatte.

Dann kam Sonne nochmal auf das Alibi des Regieassistenten zurück: »Es gibt also niemanden, der bezeugen kann, dass Sie gestern Abend zu Hause waren?«

»Doch, der Bote von ›Chinatown‹. Ich hatte mir eine ›Ente süß-sauer‹ bringen lassen. Auf der Quittung steht das Datum. Und vielleicht haben die bei ›Chinatown‹ die Uhrzeit meiner Bestellung notiert.«

Sonne hatte schon bessere Alibis gehört – die sich jedoch auch manchmal als falsch herausgestellt hatten. Im Moment hatte er aber keinen Grund, an den Angaben Brocks zu zweifeln. »Wir werden Ihre Angaben überprüfen«, fügte er hinzu und fragte dann: »Wer ist diese attraktive blonde Dame, die eben draußen bei Ihnen stand? Sie kommt mir bekannt vor. Gehört sie auch zum Team?«

»Sie meinen Ulrike? Ulrike Gellner. Sie kennen Sie wahrscheinlich aus ›Liebe und Schmerz‹. Da spielte sie dieses blonde Dummchen Nora. Sie ist bei der Daily Soap ausgestiegen, um sich mal in der richtigen Schauspielerei zu versuchen. Man erzählt, sie sei aus der Serie rausgeschrieben und gefeuert worden. Keine Ahnung, ob da was dran ist. Vielleicht kennen Sie sie aber auch aus dem Playboy. Da war sie vor acht Jahren ›Playmate des Monats‹.«

Sonne errötete leicht. Denn er hatte bislang noch nie jemandem gestanden, dass er gelegentlich den Playboy las, und zwar nicht nur wegen der Reportagen und Interviews. An Ulrike Gellner als Playmate konnte er sich jedoch nicht erinnern.

»Und jetzt hat sie eine Rolle im ›Isarbullen‹?«, überging er das Thema.

»Keine große Rolle. Sie spielt die Tochter von Graf von Kujawski, dem Mörder. Macht ihre Sache ganz ordentlich.«

»Hatte sie gestern auch Drehtag?«

»Ja, gestern Vormittag hatte sie eine kleine Szene. Ob sie am Nachmittag noch hier war, weiß ich nicht.«

»Trauen Sie Ihr zu, dass Sie den Wechsel von der Soap in die ernsthafte Schauspielerei wirklich schafft?«

»Auch in der ernsthaften Schauspielerei, oder was Sie so nennen, müssen manchmal entsprechende Rollen besetzt werden.«

»Was für Rollen?«

»Na, Nutten und Flittchen … Gerade im ›Isarbullen‹ gibt es davon immer eine Menge.«

»Sie meinen, sie wird das Sexbomben-Image nicht los?«

»Schwer. Ein Schauspieler, der einmal in eine Schublade gesteckt wurde, kommt da nur schwer wieder heraus. Und Regisseure denken eben meist in Schubladen. Tomasek hat sich sogar manchmal einen Spaß draus gemacht.«

»Was für einen Spaß?«

»Er hat Ulrikes Rolle schon mal leicht verändert. Er verordnete ihr einen Minirock oder ein tief ausgeschnittenes Oberteil, wovon im Drehbuch überhaupt keine Rede war. Naja, mir hat's gefallen. Und ich bin sicher, den Zuschauern auch. Das ist halt das harte Schicksal einer attraktiven Frau, die ihr Glück im Filmbusiness versucht.« Brock lachte hämisch.

»Wären Sie so freundlich, Frau Gellner zu mir zu schicken?«

Sonne hatte zwar Zweifel, dass die junge Schauspielerin ihm wichtige Angaben zum Mordfall machen konnte. Aber die Chance, die hübsche Frau kennenzulernen, wollte er sich nicht nehmen lassen.

Hoffentlich hat sie keine Abneigung gegen Polizisten, dachte er.

7.20 Uhr

Silbermanns Büro lag im ersten Stock des zu einem Firmengebäude umfunktionierten Wohnhauses auf dem Bavaria-Gelände. Eine junge Sekretärin öffnete die Tür und führte Kommissar Steinmayr die Treppe hinauf. An den Wänden hingen überall große eingerahmte Szenenfotos aus dem »Isarbullen« und anderen von Silbermann produzierten Serien. Im Flur befanden sich in Kisten die Drehbuchexemplare für die nächsten Folgen. Es sah nach Arbeit aus. Silbermanns Büro war ebenso edel wie seine ganze Erscheinung. Auch die Skulpturen, die überall aufgestellt waren, bewiesen Stil und machten deutlich: Hier arbeitete jemand, der sich guten Geschmack leisten konnte. Der wertvolle rote Teppich schien alle störenden Geräusche zu schlucken. In einer Vitrine standen mehrere »Bambis«, eine »Goldene Kamera« und ein »Telestar«. In seiner Jeans, mit Hemd ohne Schlips und kariertem Leinensakko kam sich Steinmayr in diesem Raum definitiv underdressed vor.

»Setzen Sie sich«, sagte Silbermann zu Steinmayr und deutete auf einen Ledersessel in der Ecke des mit edlem Holz vertäfelten Raumes, der größer war als das Großraumbüro im Polizeipräsidium, in dem Steinmayr mit seinen Kollegen arbeitete. Im hinteren Teil stand ein Regal mit Hunderten von Videokassetten. Offenbar waren hier alle Krimi-Folgen säuberlich archiviert. Silbermann räumte einige von hoffnungsvollen Nachwuchsautoren eingereichte Drehbuchvorschläge sowie einen Stapel von Selbstdarstellungen junger Schauspieler zur Seite. Dann nahm er seine zum Markenzeichen gewordene blau getönte Brille ab und setzte ein anderes Gestell auf, mit dem ihn auf der Straße wohl kaum jemand erkannt hätte. Unaufgefordert brachte Silbermanns Assistent Kaffee.

»Sie haben Tomasek schon lange gekannt?«, fragte der Kommissar.

»Bitte sprechen Sie seinen Namen Tomascheck aus, wie Scheckkarte am Ende. Darauf legte er Wert. Er war Tscheche. Wussten Sie, dass die besten Krimiregisseure aus Tschechien kommen?«

Steinmayr überging die Frage. »Sie erwähnten eben, dass Tomasek …«, nun sprach er den Namen korrekt aus, »… auch Drehbücher schrieb.«

»Er war Co-Autor. Er war kein begnadeter Schreiber. Aber durch seine langjährige Erfahrung war er ein Meister der Spannung. ›Suspense‹ nennen wir das. Es gehört eine Menge Kunst dazu, einen Fernsehzuschauer so in den Bann zu ziehen, dass er sechzig Minuten lang dranbleibt. Tomasek beherrschte das wie kein anderer. Das Sechzig-Minuten-Format ist eine Herausforderung für jeden Fernsehmacher. Ich könnte Ihnen jeden Neunzig-Minuten-Tatort durch das Herausstreichen von überflüssigen Dialogen und sinnlosen Autofahrszenen auf eine Stunde kürzen. Da bin ich sicher.«

Steinmayr dachte an den »Isarbullen«, von dem er am Vorabend gemeinsam mit Sonne kurze Sequenzen gesehen hatte. Er stellte sich vor, dass man die Folge auch verlustfrei auf die Länge einer »Tagesschau« hätte kürzen können. Ihm lag die Frage auf der Zunge, ob Tomasek für diese Episode verantwortlich gewesen war.

Als hätte er die Gedanken seines Gesprächspartners erraten, sagte Silbermann: »Natürlich gibt es gute und weniger gute Folgen. Das liegt aber daran, dass auch der beste Regisseur aus einem schlechten Buch keinen guten Film machen kann. Er kann dann nur das Beste rausholen. Das hat Tomasek oft getan. Viele Autoren haben ihn dafür gehasst, dass er sich in die Dramaturgie einmischte und das Umschreiben kompletter Szenen verlangte. Es hat da schon manchen bösen Streit gegeben. Als eine Auseinandersetzung mit einem Autor einmal zu eskalieren drohte, musste ich eingreifen. Ich machte Tomasek offiziell zum Co-Autor. Er konnte keine Dialoge schreiben, Deutsch ist ja nicht seine Muttersprache. Aber in letzter Zeit war er an der Entwicklung der Story-Lines maßgeblich beteiligt.«

»Story-Lines?«, fragte Steinmayr.

»Ich mag diese neumodischen Begriffe auch nicht. Bei modernen Produktionen gibt es eigene Story-Liner, die legen die Handlungsstränge fest. Dann gibt es die Dialog-Autoren, die für die einzelnen Szenen zuständig sind. Das wird vor allem bei den Daily Soaps so gehandhabt. Wir hier bei der Isar-Television legen aber noch Wert darauf, dass ein Buch aus einem Guss ist und möglichst aus einer Hand kommt. Ich arbeite nicht nur mit den besten Schauspielern, sondern auch mit den besten Autoren und Regisseuren.«

Steinmayr dachte wieder an den »Isarbullen« vom Vorabend: Armes Deutschland, wenn die besten Fernsehmacher nichts Besseres auf die Reihe kriegen.

»Wie gut war Ihr Verhältnis zu Tomasek?«

»Als er anfing, für mich zu arbeiten, war er ein Mitarbeiter, einer von vielen. Doch im Laufe der Jahre sind wir Partner geworden. Ich habe diesem partnerschaftlichen Verhältnis vor drei Jahren eine rechtliche Form gegeben und ihn zum Teilhaber meiner Firma gemacht.«

»Sollte er Ihr Nachfolger werden?«

»Offen gestanden: Darüber habe ich nachgedacht. Ich bin aber zu keinem Schluss gekommen. Die Überlegungen haben sich ja nun leider erübrigt.«

»Was ließ Sie daran zweifeln, ihn zum Kronprinzen zu machen?«

»Er war Künstler, kein Geschäftsmann. Er wollte sich nicht um Geld und Verträge kümmern. Und im Fernsehgeschäft geht es um viel Geld. Das können Sie mir glauben, Herr Kommissar.«

»Eine Frage noch, Herr Silbermann: Hatte Tomasek etwas mit Drogen zu tun?«

Den Produzenten schien diese Frage nicht zu überraschen. »Möglich. Ich weiß es nicht. Wenn ja, hätte es mich nicht gestört, solange er seine Arbeit gut macht.«

7.29 Uhr

Kommissar Hakan Caliskan hatte sich Ulrike Gellner zugewandt. Auch ihm war die attraktive junge Frau aufgefallen. Zwar hatten ihn seine Chefs nicht dazu beauftragt, aber es konnte ja nicht schaden, zumindest mal die Personalien aufzunehmen. Wenigstens die Telefonnummer, dachte er sich. Für mögliche spätere Rückfragen. Er kannte sie aus der Serie »Liebe und Schmerz«. Dort hatte sie es mit ihrem ansteckenden Lächeln immer im Handumdrehen geschafft, nach und nach fast alle in der Serie vorkommenden Männer zuerst um den Verstand und dann in ihr Bett zu bringen. Ausschlaggebend dafür war nicht nur ihr Lächeln. Ihre extrem kurzen Röcke und die äußerst tief ausgeschnittenen und eng anliegenden Oberteile verfehlten ihre Wirkung nicht.

Doch jetzt war die Schauspielerin ziemlich unauffällig in Jeans und Stoffmantel gekleidet. Caliskan malte sich aus, was sie unter ihrem Mantel trug, und überlegte sich, wie er herausfinden könnte, ob sie im richtigen Leben ebenso nymphoman veranlagt war wie die Nora aus der Serie.

Er wollte gerade auf sie zugehen und sie mit seinem Dienstausweis beeindrucken, als Holger Brock aus der Halle kam und zu ihr sagte: »Ulrike, der Hauptkommissar möchte dich vernehmen. Du sollst zu ihm reinkommen.«

Sie nickte zu Brock und ging wortlos in die Studiohalle.

Caliskan fühlte sich wie ein kleines Kind, das vor dem weihnachtlich dekorierten Schaufenster eines Spielzeugladens stand, dessen Besitzer soeben die Tür verriegelte und den Laden schloss. Es gab Momente, in denen er sich ärgerte, noch kein Hauptkommissar zu sein. Doch darauf musste er mit seinen fünfundzwanzig Jahren noch etwas warten. Wahrscheinlich ist sie eh lesbisch, versuchte er sich einzureden – auch wenn er das nicht so richtig glauben konnte.

»Gellner, Ulrike. 26 Jahre alt. Geboren in Leverkusen. Ich wohne seit fünf Jahren in München. Beruf Schauspielerin.«

»Eine Rheinländerin?«, fragte Sonne und fügte beiläufig hinzu: »Ich komme aus Köln.«

Das schien sie aber nicht sonderlich zu interessieren.

Sonne notierte sich die Personalien. »Ich kenne Sie aus ›Liebe und Schmerz‹. Wie kommen Sie zum ›Isarbullen‹?«

»Nach über vier Jahren in der Rolle der blonden Dumpfbacke hatte ich genug von Seifenopern. Außerdem hatte ich mit jedem Typen aus der Serie schon geschlafen. Da ist den Autoren irgendwann nichts mehr eingefallen, was sie mit mir anfangen sollten. Und dann haben sie mich an Aids sterben lassen. Wie einfallsreich!« Sie lachte, aber ihr Lachen wirkte aufgesetzt. Es war nicht das Lächeln, mit dem sie in der Serie den Männern reihenweise den Kopf verdreht hatte.

»Und vom ›Isarbullen‹ erhofften Sie sich den Durchbruch in die seriöse Schauspielerei?«

»Tomasek hat mich quasi entdeckt. Nicht in der Serie, sondern hier auf dem Filmgelände. Die Serie ›Liebe und Schmerz‹ wird auch hier produziert, in der Halle neun. Dort stehen unter einem Dach alle Kulissen für die Innenaufnahmen. Als ich im letzten Sommer in der Kantine auf meinen Einsatz wartete, kam er zufällig hinzu, bat mich um Feuer, was ich ihm nicht geben konnte, weil ich nicht rauche. Wir kamen ins Gespräch. Und schon nach fünf Minuten bot er mir eine Nebenrolle an.«

»Wieso konnte er Ihnen eine Rolle anbieten? Er ist doch Regisseur und nicht Produzent.«

»Er ist nicht nur Silbermanns Lieblingsregisseur, sondern seit einiger Zeit auch Teilhaber der Produktionsfirma. Silbermann lässt ihm weitgehend freie Hand.«

»Und nun haben Sie Ihre erste große Rolle im ›Isarbullen‹?«

»Die erste, die über wenige Sätze und zwei Drehtage hinausgeht. Ich hatte schon mehrere kleine Rollen. In der letzten Folge hätte ich einen größeren Part übernehmen sollen. Aber ich musste …«, sie zögerte einen unmerklichen Augenblick, »… aus gesundheitlichen Gründen absagen. Eine Operation. Ich musste die Drehtermine verschieben«.

Sonne fragte nicht weiter nach ihrer Krankheit, die gewiss nichts mit dem Mord zu tun hatte. »Was war Tomasek für ein Mensch?«

»Profi durch und durch. Was er sagte, hatte Hand und Fuß.«

»Kamen Sie gut mit ihm zurecht?«

»Ich hatte als Neue nicht die Position, mich mit ihm auf Diskussionen einzulassen. Daher habe ich getan, was er verlangte – auch wenn er manchmal etwas skurrile Vorstellungen hatte. Aber in der Regel gab der Erfolg ihm Recht. Ich war überzeugt, von ihm noch viel lernen zu können.«

»Hatte er Feinde?«

»Weiß ich nicht. Ich würde sagen: Die meisten respektierten ihn, ohne ihn zu mögen. Aber Feinde? Keine Ahnung.«

»Hat er gekokst?«

»In meiner Gegenwart nicht. Aber ich kann mir vorstellen, dass ein Drogentest bei vielen, die hier in der Produktionsfirma arbeiten, nicht negativ ausfallen würde.«

»Bei Ihnen auch nicht?«, fragte Sonne.

Sie lächelte und sagte: »Ich glaube, ich muss Fragen nicht beantworten, wenn ich mich selbst dadurch belasten könnte. Stimmt's?«

»Stimmt«, sagte er und lächelte zurück.

»Einem Polizisten würde ich diese Frage nicht beantworten«, bemerkte sie etwas schnippisch. »Aber wenn wir uns im Biergarten kennengelernt hätten, dann würden Sie durchaus einen vertrauenerweckenden Eindruck machen.«

»Und was würden Sie dann sagen?«

»Die Wahrheit.«

»Und die wäre?«

»Dass ich bis auf einen Joint im Alter von sechzehn noch nie Drogen genommen habe.«

Er hatte den Eindruck, sie spielte mit ihm. Handelte es sich hier um ihr übliches Spiel mit Männern, von denen sie merkte, dass sie sie attraktiv fanden, oder wollte sie mit ihrem scheinbar selbstbewussten Verhalten etwas überdecken? Sonne überlegte, wie er die Vernehmung der schönen Schauspielerin noch etwas in die Länge ziehen könnte. Aber viel mehr als die Frage nach einem Alibi fiel ihm nicht ein: »Was haben Sie gestern Abend gemacht?«

»Ich war bei meiner Freundin, Natalina Faraldo. Sie ist Maskenbildnerin bei ›Liebe und Schmerz‹. Ich habe mit ihr meinen Text gelernt. Sie verdächtigen mich doch nicht, oder?«

»In keinster Weise, Frau Gellner, reine Routinefrage«, beteuerte Sonne.

»In keiner Weise«, korrigierte sie ihn. »›Kein‹ lässt sich nicht steigern.«

»Wie bitte?«, fragte der Kommissar verdutzt.

»Entschuldigen Sie! Dumme Angewohnheit von mir. Ich habe vier Semester Germanistik studiert.«

»Kein Problem, Sie haben ja Recht. Ah, da kommt der Kollege Steinmayr.«

Steinmayr betrat das Vernehmungszimmer, und Sonne begleitete Ulrike Gellner noch zur Tür.

»Schönes Kind, oder?«, sagte Sonne, als er die Tür hinter der Schauspielerin geschlossen hatte.

»Zu blond«, antwortete Steinmayr.

»Aber sie ist nicht blöd. Sie hat Abitur und studiert.«

»Und warum hat sie dann keinen anständigen Beruf? Aber egal. Ich habe etwas Interessantes über Tomasek erfahren. Er ist …«

»… Teilhaber der Produktionsfirma. Ich weiß.«

»Na prima«, sagte Steinmayr. »Wenn wir beide dasselbe herausgefunden haben, dann nenne ich das optimalste Verhörstrategie.«

»›Optimal‹ kann man nicht steigern«, warf Sonne ein.

Sein Kollege sah in sprachlos an.

»Ich habe auch Abitur«, grinste Sonne.

Und Steinmayr fragte: »Und warum hast du dann keinen anständigen Beruf?«

Sie lachten. Sonne hatte nach dem bitteren Fußballabend seine gute Laune wiedergefunden.

9.07 Uhr

Alfons Waldbauer saß in seiner Garderobe. Vor ihm lag die ATZ mit der Schlagzeile: »Mord beim Isarbullen«. Den Aufmacher hatte er bereits gelesen. Der Tod des Regisseurs war für ihn immer noch unwirklich, wie ein böser Traum. Er blätterte jetzt in den Lokalteil und las.

»Monat für Monat ermittelt Oberinspektor Diether Grieshaber

auf unseren Fernsehschirmen. Seine Fälle sind schlicht. Die hölzernen Dialoge sind sein Markenzeichen. Eingeschworene Fans können die Texte bereits mitsprechen. Der ›Isarbulle‹ verkörpert das, was wir in unserer Gesellschaft so oft vermissen: Gerechtigkeit und Ordnung. Nach nur sechzig Minuten hat er die heile Welt wieder hergestellt, den Gesetzesbrecher überführt, den Fall gelöst. Doch die heile Welt des ›Isarbullen‹ ist nun in Unordnung geraten. Der dunkle Schatten eines echten Mordes liegt seit gestern über dem sauberen Image der Serie.«

Waldbauer legte das Blatt zur Seite und brummelte vor sich hin. »So ein Schmarrn.«

Er war es gewohnt, Unsinn über sich in der Zeitung zu lesen. Als er vor zweiundzwanzig Jahren vom Theater zum Fernsehen wechselte und die Hauptrolle in einer neuen Krimireihe übernahm, prophezeiten die Kritiker ihm ein schnelles Aus. Zu behäbig sei das alles, hieß es damals. In der Zeit, als amerikanische Action-Serien mit viel Blut und Leichen die Fernsehzuschauer immer mehr vor die Bildschirme bannten, wirkte ein dröger Polizist wie der »Isarbulle« eher langweilig. Er benutzte keine Fäuste und nur selten seine Pistole. Einen Draufgänger hätte Waldbauer nie verkörpern können. Denn er spielte sich selbst. Während die Rolle anfangs noch wie ein passender Anzug war, in den er bei Drehbeginn hineinschlüpfte und den er danach wieder in der Garderobe abgab, wurde der Inspektor Grieshaber im Laufe der Zeit zu seiner zweiten Haut. Grieshaber war Waldbauer war Grieshaber. Er hätte auch kein Kostüm gebraucht, denn der Oberinspektor trug die gleiche Kleidung wie der Schauspieler. Und so geschah es nicht selten, dass Waldbauer auf der Straße mit »Grüß Gott, Herr Grieshaber« angesprochen wurde. Er ärgerte sich darüber nicht.

Er ärgerte sich aber, wenn junge Fernsehmacher sich an seiner Figur vergreifen wollten, wenn Redakteure des Senders, Drehbuchautoren oder auch Regisseure in seine Rolle hineinredeten und Vorschriften machten, wie Waldbauer den Grieshaber zu spielen hatte. Dabei war er doch derjenige, der den Inspektor am besten kannte, der seit vielen Jahren Tag und Nacht mit ihm verbracht hatte, der alles über ihn wusste.

Es klopfte an seiner Garderobentür.

»Ja, bitte?«, rief er. Annette, die Produktionsassistentin, teilte ihm mit, dass ihn die Herren von der Kripo sprechen wollten. Er folgte ihr in den Raum, in dem Steinmayr und Sonne auf ihn warteten.

»Grüß Gott, Waldbauer«, stellte er sich vor.

Sonne verkniff sich die von Preußen immer wieder für besonders witzig gehaltene Erwiderung »Wenn ich ihn sehe«. In seiner Anfangszeit in München hatte er die »Grüß Gott«-Formel noch aus tiefster Überzeugung heraus abgelehnt. Inzwischen kam ihm das »Grüß Gott« aber selbst zuweilen wie von selbst über die Lippen.

Für die beiden Kommissare war es, als würde ein alter Bekannter den Raum betreten. Einer, der regelmäßig zu Besuch kommt, seit Jahren schon. Aber natürlich war ihnen klar, dass es sich um eine einseitige Bekanntschaft handelte.

»Angenehm, Steinmayr. Mordkommission. Und das ist mein Kollege Sonne.«

Auch Sonne streckte die Hand aus. »Ich habe in meiner Jugend keine Folge des ›Isarbullen‹ verpasst.«

Waldbauer war korrekt und tadellos wie immer im grauen Anzug gekleidet. Seine schwarzen Haare waren exakt gekämmt. Seine etwas altmodische Brille saß gerade auf der Nase. Alle drei, die echten Kommissare und der TV-Ermittler, nahmen Platz an dem runden Tisch, der in der Mitte des kargen Raumes stand. Die Situation war grotesk: Der berühmteste Kripo-Beamte der Republik, der einzigartige Oberinspektor Diether Grieshaber, saß im Verhör, und diesmal war er derjenige, der die Fragen beantworten musste.

Für einen kurzen Moment schwiegen alle drei. Sonne und Steinmayr wollten sich gegenseitig den Vortritt lassen. Sonne wusste nicht so recht, wie er sich solch einem prominenten Menschen gegenüber verhalten sollte. Er musste sich klar machen, dass ihnen hier ein Schauspieler gegenübersaß. Diesen Oberinspektor, den jeder kannte, gab es nicht. Er war eine Erfindung der Drehbuchautoren. Sie waren die Polizisten, und Waldbauer war ein Zeuge. Genau wie die Tausenden davor, die sie schon vernommen hatten.

»Herr Waldbauer«, begann Sonne, »Sie hatten gestern Abend einen heftigen Streit mit Drahomir Tomasek.«

»Das war eine künstlerische Auseinandersetzung. Persönlich hatten wir nichts gegeneinander.«

»Ihre Kollegen berichten, dass es häufiger zu solchen Streitigkeiten gekommen ist«, warf Steinmayr ein.

»Ich möchte das nicht als Streitigkeiten bezeichnen. Nennen wir es Disharmonien. Mir hat oft nicht gefallen, was Tomasek aus Grieshaber machen wollte. Er wollte einen Senioren-Rambo aus mir machen, der wild durch die Gegend schießt und sich waghalsige Verfolgungsjagden liefert. Aber ohne mich. Die können sich noch so viel neue Konzepte ausdenken. Da steige ich eher aus und setze mich zur Ruhe.«

»Was für neue Konzepte?«, fragte Steinmayr.

»Ich weiß das nicht genau. Es wird erzählt und war auch in der Zeitung zu lesen, dass der Sender eine ›Verjüngung‹ der Serie plant. Mehr Action, ein bisschen Sex. Und einen jungen Assistenten soll ich angeblich bekommen. Oder sogar eine Assistentin. Damit der ›Isarbulle‹ auch für die sogenannte werberelevante Gruppe der Vierzehn- bis Neunundvierzigjährigen attraktiver wird, die dem Sender bislang in der Einschaltquote fehlt. Die Kukident-Generation ist für die Werbeindustrie weniger interessant. Aber offiziell äußert sich beim Sender niemand dazu. Man sagt immer, man sei zufrieden mit den Einschaltquoten.«

»Sind Sie denn selber zufrieden mit der Quote?«

»Natürlich bin ich verwöhnt. Die sechzig Prozent, die wir früher Monat für Monat erreicht haben, sind heute ein Traum vergangener Zeiten. Dem Privatfernsehen sei Dank. Heute sind wir über zwanzig Prozent schon froh.«

»Dieses angebliche neue Konzept: Glauben Sie, dass Tomasek dahintersteckte?«, fragte Steinmayr.

»Möglich. Aber wie gesagt: Über diese angeblichen Pläne hat offiziell keiner ein Wort verloren. Und worüber nicht gesprochen wird, das kann man nicht dementieren.«

»Was haben Sie gestern nach dem abrupten Drehabbruch getan?«

»Ich bin nach Hause gefahren. Ich wohne mit meiner Frau in Gauting. Dort haben wir zu zweit den Abend verbracht.«

»Was halten Sie von Brock, dem Regieassistenten?«, wollte Sonne wissen.

»Er ist ehrgeizig, aber nicht bissig genug. Er ist in drei Jahren nicht über den Status eines Anfängers hinausgewachsen. Ich bin der Meinung, es hat seinen Grund, dass Silbermann ihm nie größere Aufgaben übertragen hat.«

»Aber jetzt hat er es getan.«

»Ja, aber was blieb ihm anderes übrig? Brock hat seine Lehrjahre noch nicht hinter sich.«

»Nochmal zurück zu Tomasek«, sagte Steinmayr. »Sind Sie der Einzige, der regelmäßig mit ihm aneinandergeriet?«

»Nein, gewiss nicht. Er war nicht gerade das, was man einen harmoniebedürftigen Menschen nennt. Er war eher der Typ, der die Konfrontation sucht.«

»Nur beruflich oder auch privat?«

»Ich schätze ihn so ein, dass er auch privat kein Schmusekater war.«

»Hatte er Feinde?«

»Was verstehen Sie unter Feinden?«

»Menschen, die ihn hassen«, sagte Steinmayr.

»Menschen, die ihn hassen?«, wiederholte Waldbauer, der offenbar unwillkürlich in den Ich-wiederhole-immer-den-letzten-Satz-Duktus der »Isarbullen«-Drehbücher abgeglitten war. »Fragen Sie doch mal seine Frau.«

Sonne und Steinmayr sahen ihn an.

Doch er antwortete nur: »Es ist nicht meine Art, schmutzige Wäsche zu waschen. Außerdem geht mich das Privatleben meiner Kollegen nichts an. Vielleicht habe ich schon zu viel gesagt.«

»Danke, Herr Waldbauer«, sagte Sonne. »Wir haben keine weiteren Fragen mehr an Sie.«

Sonne begleitete Waldbauer zur Tür. Draußen blieb sein Blick an Ulrike Gellner hängen. Aber sie war nicht allein. Ein etwa gleichaltriger Mann stand neben ihr. Sonne war zu weit entfernt, um ihre Worte zu verstehen. Er versuchte, an ihren Gesichtern und Gesten zu erkennen, ob er vielleicht ihr fester Freund war. Ihr abweisendes Verhalten sprach dagegen. Aber wie selbstverständlich fasste er sie an den Schultern, redete auf sie ein. Er legte seinen Arm um sie und küsste sie auf den Mund. Sie erwiderte etwas und wandte sich ab.

Wenn sie ein Paar sind, dann haben sie gerade eine Krise, dachte Sonne und beobachtete, wie sie die kleine Halle neben dem Studio betrat, wo die Garderoben der Schauspieler untergebracht waren. Er folgte ihr unbemerkt und dachte über einen Vorwand nach, unter dem er sie ansprechen könnte. Als er an der Hallentür stand, war Ulrike Gellner bereits an ihrer Garderobentür angekommen. Sie steckte einen Schlüssel ins Schloss, doch die Tür öffnete sich nicht. Sie rüttelte leicht an der Klinke.

»Klemmt's?«, fragte Sonne. Eine bessere Idee, sie anzusprechen, war ihm auf die Schnelle nicht gekommen.

Sie zog den Schlüssel wieder aus dem Schloss und probierte es mit einem anderen Schlüssel. »Die sehen alle so gleich aus«, sagte sie und öffnete die Garderobentür, die sie hinter sich wieder verschloss. Sie schien das Gespräch mit dem Kommissar nicht fortsetzen zu wollen.

10.01 Uhr

Chefredakteur Wolfgang Lohmann saß zufrieden zurückgelehnt in seinem schwarzen Lederstuhl am Kopf des großen Konferenztisches. Vor ihm wie vor jedem seiner Kollegen lag die aktuelle Ausgabe der ATZ. So einen exklusiven Knüller hatte er schon lange nicht mehr im Blatt gehabt, und das auch noch in der wichtigen Samstagausgabe. Seit dem frühen Morgen standen die Telefone in der Redaktion nicht mehr still. Fernsehsender fragten nach Informationen über den Mord beim »Isarbullen«. Und sogar die großen Nachrichtenagenturen hatten in ihren Tickermeldungen »nach Informationen der Münchner Boulevardzeitung ATZ« geschrieben, weil die Polizei auf Journalistennachfragen keine Details zur Identität des Ermordeten bekannt gab. Die ATZ wusste es als Einzige. Und Lohmann stellte sich mit Genugtuung die wütenden Gesichter seiner Konkurrenten vor. Besonders der Münchner Chef der Bild-Zeitung musste toben. Die ATZ hatte am Mittag bereits 20.000 Blätter nachdrucken lassen. Und im Zeitungskampf in der Landeshauptstadt zählte jedes Exemplar der Auflage. Drei Boulevardblätter und zwei Tageszeitungen buhlten jeden Tag um die Gunst der Leser.

»Flitzer, du bist heute unser Champion«, sagte Lohmann zu dem Polizeireporter, der ausnahmsweise in der Redaktionskonferenz neben den Ressortchefs in dem kahlen, mit weißem Neonlicht erhellten Konferenzraum sitzen durfte und schon den ganzen Tag wenige Zentimeter über dem Boden zu schweben schien. »Der Mord beim ›Isarbullen‹ ist unsere Geschichte«, fuhr Lohmann fort. Normalerweise war er am Wochenende nie in der Redaktion. Doch an diesem Samstag hatte er sofort alle Ressortleiter zu einer improvisierten Redaktionskonferenz einbestellt, um das weitere

Vorgehen zu planen. »Wir müssen jetzt ein bisschen hirnen, wie wir die Story weiterdrehen, damit wir der Konkurrenz mit jeder Ausgabe einen Tag voraus sind. Was machen wir für die Montagausgabe?«

Allen war klar, dass die anderen Blätter zwei Tage Zeit hatten, um die Geschichte nachzurecherchieren.

»Wie wär's mit einer Serie, in der wir alle Hauptfiguren des ›Isarbullen‹ einzeln vorstellen?«, schlug Stella Schulze-Wagenknecht, die Kulturchefin, vor.

»Das hat zu wenig mit dem Verbrechen zu tun«, entgegnete Lokalchef Peter Hilfringhaus. »Vielleicht könnten wir mal im Archiv nachschauen und alle Morde raussuchen, die in den letzten Jahren im Film- und Fernsehgeschäft passiert sind.«

»Waren das denn so viele? Mir fallen da nur Sedlmayr und Moshammer ein«, sagte Lohmann.

»Und der Schauspieler, der in den Fassbinderfilmen mitspielte und sich mit seinen hundertzwanzig Kilo auf seinen Steuerberater geworfen haben soll.« Schulze-Wagenknecht fiel der Name nicht ein. »Da gab's doch diesen Prozess vor dem Landgericht. Fünfzehn Jahre hat er gekriegt und dann hat sich das Geständnis als falsch herausgestellt ...«

»Ich möchte gerne den ›Isarbullen‹ in den Mittelpunkt unserer Berichterstattung stellen«, sprach Lohmann. »Was wissen wir von Alfons Waldbauer? Ich will eine Personality-Geschichte. Dieser Typ muss doch irgendwelche Macken haben. Was können wir da machen?«

Schulze-Wagenknecht, die auch für die Fernsehseite zuständig war, meldete sich zu Wort: »Wir hatten in den letzten Jahren immer wieder mal Interviews mit Waldbauer. Er scheint ein richtiger Pedant zu sein, der penibel darauf achtet, dass alle Kleinigkeiten realistisch sind. Er informiert sich regelmäßig bei einem echten Polizisten.«

»Das klingt spannend«, sagte Lohmann – eine seiner Chefredakteursfloskeln – und wandte sich an Litzka: »Flitzer, recherchiere das! Und sieh zu, dass du noch mehr über Waldbauer rausfindest. Und vielleicht auch über diesen Polizisten. Du hast noch anderthalb Tage Zeit für einen Aufmachertext.«

»Aber was ist mit meiner Reportage über den korrupten Polizisten, der im Rotlichtmilieu seine Hände im Spiel haben soll? Die war doch für Montag geplant«, warf Litzka ein.

»Verschiebe alle deine anderen Geschichten. Ich will von dir morgen einen Aufmacher über den ›Isarbullen‹. Und am Montag auch. Und am Dienstag auch. Die ganze Woche, wenn's geht. Ich wiederhole: Der Mord beim ›Isarbullen‹ ist unsere Geschichte. Und die lassen wir uns nicht wegnehmen!«

Der Chefredakteur hatte gesprochen. Und Frank Litzka witterte nicht nur seine Chance, jeden Tag mit einem Artikel auf die Seite eins zu kommen. Er zählte im Kopf schon das Zeilenhonorar für fünf Aufmacherstorys zusammen. Als sogenannter fester Freier arbeitete er zwar wie ein angestellter Redakteur mit, hatte jedoch nicht die Sicherheit eines regelmäßigen Monatsgehalts. Seine Beiträge wurden einzeln honoriert, und vergleichsweise üppig waren die Honorare für Fotos. In guten Zeiten konnte er mehr verdienen als ein Redakteur. Doch bei Krankheit oder Urlaub kam kein Cent aufs Konto. Würden ihm noch ein paar Knüllergeschichten gelingen, malte er sich gute Chancen auf eine Festanstellung aus. Wenn nicht bei der ATZ, dann gerne bei der Konkurrenz. Litzka packte seine Sachen zusammen und setzte sich im Großraumbüro an einen freien Schreibtisch. Recherchen am Wochenende waren besonders mühsam, weil man niemanden ans Telefon bekommen konnte. Aber er hatte seine inoffiziellen Kanäle: Kontaktpersonen, die nicht an Bürozeiten und Vorschriften gebunden waren.

13.00 Uhr

Es war nur ein Katzensprung vom Bavaria-Filmgelände bis Grünwald. Die Kommissare Steinmayr und Sonne waren auf dem Weg zu Christina Lindinger-Tomasek, der Ehefrau des ermordeten Regisseurs. Viele Promis hatten im Süden der Landeshauptstadt hoch über dem rechten Isarufer ihre Luxusvillen hingebaut. Hier in Grünwald spielten viele Folgen des »Isarbullen«, Oberinspektor Grieshaber ermittelte bevorzugt in der besseren Gesellschaft. Die Mordopfer waren häufiger Firmenbesitzer und Adelige als etwa Busfahrer oder Straßenkehrer. Gleiches galt übrigens auch für die Mörder. Die Millionen Fernsehzuschauer – unter ihnen dürften sich nur die wenigsten eine Villa in Grünwald leisten können – wurden für sechzig Minuten in eine Welt der Schönen und Reichen entführt. Und wenn der Fall gelöst war, dann wussten sie mal wieder, dass Geld allein nicht glücklich macht – und dass reiche Menschen auch ermordet werden oder als Täter im Gefängnis landen.

Drahomir Tomasek war ein Beispiel dafür, dass in diesem Punkt die Drehbuchautoren nicht Unrecht hatten. Er hatte es durch seinen Erfolg bei Film und Fernsehen zu beträchtlichem Reichtum gebracht und sich ein imposantes Haus in Grünwald gekauft. Nur knapp fünf Jahre hatte er es zusammen mit seiner Frau bewohnt. Nun war er tot. Ermordet.

»Ist Frau Tomasek eigentlich schon informiert?«, fragte Sonne.

»Wir konnten sie gestern nirgendwo erreichen. Sie war im Ausland und ist erst heute früh in München angekommen. Caliskan war schon bei ihr. Sie hat es am Bahnhof in der Zeitung gelesen – und einen Schock erlitten. Sie brachte kein Wort heraus, meinte Caliskan. Aber ihr Hausarzt, der ihr eine Beruhigungsspritze gab, war der Überzeugung, dass sie bis zum Nachmittag vernommen werden kann.«

»Da vorne muss es schon sein«, sagte Sonne, der den Dienstwagen lenkte. Er bog in eine Straße ein, in der eine Luxusvilla neben der anderen stand. Natürlich nicht direkt nebeneinander. Es blieb immer genug Platz für einen kleinen Park und einen Swimmingpool dazwischen. Autos parkten nur wenige am Straßenrand. Wer hier wohnte, hatte seine Fahrzeuge in beheizten Garagen untergebracht.

Das Gebäude an der Nördlichen Münchner Straße mit der Hausnummer siebenunddreißig war von der Straße aus nicht zu sehen. Ein mannshoher Zaun aus Holzpfählen mit riesigen Bäumen dahinter schirmte ab vor neugierigen Blicken. Ein Plastikschild mit der Aufschrift »Privatgrundstück« machte noch einmal deutlich, dass man nicht gestört werden wollte. Sie parkten ihren Astra, der nicht in die Gegend passte. Der TV-Inspektor Grieshaber wäre mit seinem Siebener-BMW weniger aufgefallen. An einem gusseisernen Tor war nur eine Klingel ohne Namen angebracht. Man bevorzugte in dieser Gegend Anonymität. Sonne drückte den Klingelknopf, und wenige Augenblicke später öffnete sich das Tor wie von Geisterhand. Sie schritten über einen Kiesweg, der rechts und links von Bäumen und Sträuchern gesäumt war. Eine Vortreppe führte in das weiße Gebäude, an dessen Eingangstür eine ältere Dame mit grauen Haaren in einem dunklen Kleid wartete.

»Sie sind die Herren von der Kriminalpolizei?«, fragte sie überflüssigerweise, denn die beiden Kommissare hatten ihre grünen Dienstausweise bereits gezückt.

»Sonne mein Name, das ist mein Kollege Steinmayr. Dürfen wir reinkommen?«

Offiziell war Steinmayr Leiter der Mordkommission drei. Aber da die beiden Hauptkommissare nicht nur ein kollegiales, sondern ein freundschaftliches Verhältnis pflegten, gab es im beruflichen Alltag kein Chef-Mitarbeiter-Verhältnis. Und so war es völlig normal, dass Sonne als erster das Wort ergreifen und seinen Chef vorstellen konnte.

»Bitte folgen Sie mir«, sagte die Haushälterin und brachte sie in einen Raum, der offenbar für den Empfang von Besuch eingerichtet war. Sie nahmen in zwei Polstersesseln Platz und bewunderten die kostbare Einrichtung des Zimmers. Fasziniert hingen Steinmayrs Blicke an einem Kristallkronleuchter, als Christina Lindinger-Tomasek den Raum betrat. Ihr Alter war schwer zu schätzen, zwischen vierzig und fünfzig. Ihre Haut war blass. Sie trug ein schlichtes schwarzes Kleid, das mehr nach Eleganz als nach Trauer aussah. Ihre glatten, kinnlangen, orange-roten Haare bildeten einen Gegensatz zu der übrigen eher farblosen Erscheinung. Wie es schien, hatte sie den ersten Schock verkraftet. Steinmayr warf Sonne einen fast unmerklichen Blick zu, der deutlich machte, dass diese Frau ihm bekannt vorkam. Auch Sonne hatte ihr Gesicht schon einmal gesehen. Vermutlich war sie Schauspielerin, dachte er.

»Bleiben Sie sitzen«, sagte sie zu den Beamten und nahm auf dem dritten von vier Sesseln an dem runden Glastisch in der Mitte des Raumes Platz.

»Verzeihen Sie, dass wir Sie in dieser traurigen Angelegenheit aufsuchen müssen«, sagte Steinmayr.

»Sparen Sie sich Ihre Worte«, erwiderte sie. »Das macht ihn nicht wieder lebendig.«

»Wann haben Sie Ihren Mann zuletzt gesehen?«, fragte Sonne.

»Ich war von Donnerstag bis heute früh in Rom. Drahomir brachte mich zum Bahnhof. Ich bin um neun Uhr dreißig mit dem Eurocity losgefahren.«

»Warum fuhren Sie Bahn und sind nicht geflogen? Die Fahrt mit dem Zug nach Rom dauert doch mindestens …«

Obwohl Sonne seine rheinische Heimat schon viele Jahre hinter sich gelassen hatte, sprach er das Wort »Zug« immer noch wie »Zuch« aus.

»... exakt zehn Stunden. Aber ich fliege nicht. Ich habe Angst vor dem Fliegen. Und die Stunden im Zug kann man nutzen zum Lesen oder Schlafen. Ich kam entspannt und ausgeruht um neunzehn Uhr dreißig in Roma Termini an.«

»Warum waren Sie in Rom?«

»Ein Kongress der Europäischen Liga für kommunale Sicherheitspolitik.«

Jetzt erinnerte sich Steinmayr wieder, woher er das Gesicht kannte: von Wahlplakaten. Christina Lindinger-Tomasek war Kommunalpolitikerin in München und saß für eine Splitterpartei im Stadtrat. Sonne interessierte sich nicht übermäßig für Politik. Nach seiner fünfeinhalbjährigen Zeit in München kannte er nicht viel mehr als den Namen des Ministerpräsidenten und vielleicht noch zwei oder drei der bayerischen Kabinettsmitglieder. Und er hatte sich erst recht noch nicht mit den Niederungen der Kommunalpolitik befasst. Er fragte daher: »Was für eine Liga ist das? Das klingt nach Champions League für Verkehrspolizisten.«

Lindinger-Tomasek lächelte gequält über den Scherz und erläuterte dann: »Wie Sie vielleicht wissen, bin ich Kreisvorsitzende der ›Freien Liste München‹ und vertrete unsere Partei im Rathaus. Die FLM ist Mitglied der Europäischen Liga für kommunale Sicherheitspolitik. Dort setzen wir uns auf europäischer Ebene für schärfere Gesetze zur Kriminalitätsbekämpfung ein. Wir fordern die flächendeckende Videoüberwachung in den Innenstädten und – das wird Sie interessieren, meine Herren – wir sind dafür, dass die Polizisten mit mehr Rechten ausgestattet werden.«

»Ah ja, sehr interessant«, sagte Sonne, der eine so ausführliche Erläuterung gar nicht erwartet hatte. »Und diese Tagung dauerte bis wann?«

»Bis Freitagnachmittag. Ich habe dann den Nachtzug nach München genommen. Und wenn Sie Zeugen für meine Anwesenheit in Rom brauchen, dann fragen Sie einfach den italienischen Ministerpräsidenten. Der war nämlich Ehrengast auf unserer Tagung.«

»Kann dieser prominente Alibi-Zeuge denn auch bestätigen, dass Sie den Nachtzug genommen haben und nicht früher abgereist sind? Hatten Sie in dem Zug ein Bett reserviert?«

»Ja, ich kann Ihnen die Reservierung zeigen.«

»Also gut«, sagte Steinmayr. »Sie hatten offenbar keine Gelegenheit, Ihren Mann zu töten. Hätten Sie denn ein Motiv gehabt?«

»Wie bitte?«

»Sie haben schon richtig verstanden: Hatten Sie einen Grund, Ihren Mann zu töten?«

Sonne fügte hinzu: »Mein Kollege möchte wissen, ob Ihre Ehe glücklich war.«

Sie zögerte kurz, bevor sie antwortete: »Hören Sie, wir waren fast zwanzig Jahre verheiratet. Glauben Sie, dass man da noch so turtelt wie am ersten Tag? Sind Sie verheiratet?«

Beide schüttelten den Kopf. In diesem Fall stimmte die Realität mit den meisten Fernsehkrimis überein: Kommissare mussten Junggesellen und mit ihrem Beruf verheiratet sein.

Sonne fragte nach: »Ich möchte nicht indiskret sein, aber das bringt der Job manchmal mit sich. Es ist ein Unterschied, ob eine Beziehung zum Alltag wird und es nicht mehr funkt und knistert – oder ob eine Ehe zerrüttet ist …«

»Wir sind zusammengeblieben, bis dass der Tod uns scheidet. So heißt es doch so schön. Daher ist es jetzt müßig zu fragen, ob wir uns trennen wollten oder nicht.«

»Wollten Sie denn?«, fragte Steinmayr trotzdem.

»Es gab keinen Grund«, antwortete sie.

Steinmayr erinnerte sich an die Worte Waldbauers, der auf die Frage nach Tomaseks Feinden geantwortet hatte: »Fragen Sie seine Frau!«

»Haben Sie Kinder?«, fragte Sonne.

»Nein. Ich kann keine bekommen.«

»Haben Sie noch miteinander geschlafen?«, wagte Sonne eine direkte Frage.

Und die Antwort kam ebenso direkt: »Seit sicher zehn Jahren nicht mehr.«

»Ging Ihr Mann fremd?«

»Es hatte keine Bedeutung«, sagte Frau Lindinger-Tomasek schmallippig.

»Was hatte keine Bedeutung?«, fragte Steinmayr.

»Seine Affären. Erfolg macht sexy, jedenfalls für diese jungen Dinger. Ich war selbst erst zwanzig, als wir heirateten. Damals dachte ich lange, mit mir hätte er es ernst gemeint. Ich habe mich heute längst damit abgefunden, dass er mich betrog. Sie hätten es ja eh erfahren. Er machte schon lange kein großes Geheimnis mehr draus.«

So offene Worte hatte Sonne nicht erwartet. Er fragte: »Hatte er auch etwas mit … Ulrike Gellner?«

»Ist das diese Blondine? Ich weiß nicht, ob er hatte. Aber ich bin sicher, er hätte gerne.«

Ihr Ton war weniger verbittert als die Worte. Sie sprach sachlich und nüchtern über die Seitensprünge ihres Gatten.

Sonne wollte sich nicht vorstellen, dass Ulrike Gellner ihren makellosen Körper … Er dachte den Gedanken nicht zu Ende. Gab es in der Branche so etwas, was man im Volksmund »Besetzungscouch« nannte?

»Es hat schon viele Morde aus Eifersucht nach einem Seitensprung gegeben«, bemerkte Steinmayr.

»Oh, wie oft hätte ich ihn dann ermorden müssen. Ich habe ihn in den letzten zehn Jahre nicht ermordet, warum hätte ich es dann jetzt tun sollen! Wir haben uns darauf geeinigt, nicht über seine Affären zu sprechen. Ich verschonte ihn mit unangenehmen Nachfragen und ersparte ihm so die Heimlichtuerei. Dafür ersparte er mir Vorwürfe, dass ich keine Kinder bekommen kann. Ich weiß, dass dies vielleicht nicht Ihrem Bild einer vorbildlichen Ehe entspricht. Aber wir haben uns arrangiert.«

»Frau Tomasek, gehörte dieses Haus Ihrem Mann oder Ihnen? Was erben Sie?«, fragte Sonne.

»Es gehört mir. Wir haben es vor einigen Jahren auf meinen Namen überschrieben. Das hatte steuerliche Gründe. Details weiß ich nicht. Ich habe mich nicht um Finanzen gekümmert. Ich habe nichts von seinem Tod, falls Sie immer noch nach einem Motiv suchen.«

»Hat Ihr Mann hier im Haus ein Arbeitszimmer?«

»Im Keller gibt es einen Hobbyraum, der wird aber seit Jahren nur noch als Abstellkammer genutzt. Sein Büro hat er in der Produktionsfirma. Dort hat er eine Schlafcouch, für den Fall, dass es mal wieder später wird …«

Sonne dachte an die »Besetzungscouch«.

Plötzlich griff Steinmayr an seine Brust wie ein Herzkranker. Sein auf lautlos geschaltetes Handy vibrierte. Auf dem Display sah er, dass es ein Anruf von Caliskan war.

»Entschuldigen Sie«, sagte er zu Christina Lindinger-Tomasek, stand auf und ging einige Schritte vor die Tür. Er sagte nur ein paar Mal »Ja« oder »Aha« und fragte schließlich: »Wirklich?« Dann beendete er das Gespräch.

»Jürgen, ich glaube, wir haben hier alle Fragen gestellt. Wir müssen weiter.«

Sie verabschiedeten sich höflich von Frau Lindinger-Tomasek. Und während sie über den Kiesweg zur Straße gingen, erzählte Steinmayr, was sein Kollege Caliskan ihm gerade mitgeteilt hatte: »Das Labor hat die Geschosse untersucht. Und das Ergebnis bestätigt unseren ersten Eindruck.«

»Du meinst …«

»Richtig. Die Kugeln sind Kaliber neun Millimeter. Um genau zu sagen: Kaliber neun mal neunzehn Millimeter. Und das ist noch nicht alles. Es sind Deformationsgeschosse, hergestellt vom Metallwerk Elisenhütte GmbH Nassau, und die Patronen haben die Herstellerbezeichnung P.E.P.«

Sonne erinnerte sich an die interne Dienstmitteilung, in der die über 30.000 bayerischen Polizeibeamten über die neuen Deformationsgeschosse aufgeklärt wurden. Es handelte sich um sogenannte »mannstoppende Munition«, die sich durch geringe Splitterbildung und eine große Energieabgabe auf die getroffene Person auszeichnete, um die Angriffs- und Fluchtunfähigkeit zu erzeugen, wie es im Polizeijargon hieß. Die Patronen wurden von der Industrie nach Richtlinien des Innenministeriums eigens für die Polizei entwickelt. Und die Abkürzung P.E.P. stand für »Polizei-Einsatz-Patrone«.

»Du meinst also …«, fragte Sonne ungläubig.

»Ja«, fiel ihm Steinmayr ins Wort. »Wir haben es offenkundig mit einem Täter aus den eigenen Reihen zu tun.«

14.07 Uhr

Steinmayr und Sonne saßen im Dienstwagen und versuchten, sich an den Namen des Polizisten zu erinnern, den der Regieassistent Brock erwähnt und der schon als Statist am Drehort gearbeitet hatte und ein Spezl von Waldbauer geworden war.

»Etwas mit L … Lochner oder so …«, murmelte Steinmayr, während Sonne in seinem Notizbuch blätterte. Dann fand er die Aufzeichnungen der Vernehmung von Brock und sagte triumphierend: »Lechner war der Name.«

Lechner war der einzige Polizist, der bislang in Zusammenhang mit dem Mord stehen konnte. Und die verwendete Munition ließ zumindest den Anfangsverdacht zu, dass die tödlichen Schüsse aus einer Polizeiwaffe abgefeuert wurden.

»Aber warum sollte ein Polizeistatist den Regisseur Tomasek töten? Das ist mir schleierhaft«, dachte Steinmayr laut.

»Bevor wir das herausfinden können, müssen wir erst mal wissen, wo wir ihn finden. Ich versuch's mal über die Leitstelle.«

Sonne griff zum Funkgerät. Die Leitstelle hatte Zugriff auf die Personaldaten und konnte innerhalb weniger Minuten alle Münchner Polizisten mit dem Namen Lechner durchgeben.

Sonne fasste kurz die Informationen zusammen, die er über Funk bekommen hatte: »Thomas Lechner ist neunzehn Jahre alt und kommt gerade von der Polizeischule. Wolfgang Lechner ist Kriminalrat im Landeskriminalamt. Er kommt auch nicht in Frage: Er wechselte erst vor zwei Jahren vom BKA nach München.«

»Weiter«, sagte Steinmayr ungeduldig.

»Dann gibt's da noch einen Theo Lechner in der Polizeiinspektion 26 in Ismaning. Der aber liegt nach einer Blinddarmoperation im Krankenhaus rechts der Isar. Auch Detlef Lechner von der Inspektion 12 in der Türkenstraße kommt vom Alter her nicht in Frage. Bleibt nur noch einer: Alois Lechner – er ist seit fünfzehn Jahren in der Pullacher Polizeiwache tätig.«

»Der muss es sein«, sagte Steinmayr und setzte den Wagen in Bewegung. Von Grünwald bis Pullach waren es nur wenige Kilometer. Sie mussten nur einmal die Isar überqueren. Die Wolfratshausener Straße führte sie direkt in den oberbayerisch-dörflichen Kern der kleinen Gemeinde.

14.10 Uhr

Frank Litzka hatte nicht lange recherchieren müssen, um Lechners Namen und seine Dienststelle herauszufinden. Er hatte sich für Samstagnachmittag mit ihm vor der Pullacher Polizeiwache verabredet. Litzka stellte sich eine Geschichte vor unter dem Motto »Der echte Polizist hinter den Kulissen des Isarbullen«.

Alois Lechner trug noch seine Uniform, als er den jungen Reporter vor seiner Dienststelle in der Johann-Bader-Straße in Pullach begrüßte. Er war ein urbayerischer Beamter, so wie er auch in der legendären Vorabendserie »Polizeiinspektion 1« hätte mitspielen können. Sein Bierbauch hing über dem Gürtel seiner beigefarbenen Polizeihose. Und schon seine Begrüßung »Hobe die Ehre« strahlte typisch bayerische Gemütlichkeit aus.

Meist hatte er es mit der Aufnahme von Verkehrsunfällen oder der Suche nach Fahrraddieben zu tun. Spektakuläres ereignete sich hier draußen selten. Einmal gab es einen Banküberfall, wo der Täter über 20.000 Mark erbeutete. Aber das war auch schon wieder sechs Jahre her. Vielleicht machten die Ganoven einen Bogen um das kleine verschlafene Örtchen südlich von München, weil hier der Bundesnachrichtendienst jahrelang seine Zentrale hatte. Seit dem Umzug des Auslandsgeheimdienstes nach Berlin gab es nur noch wenige Dienststellen hier an der Isar. Man vermutete aber immer noch unsichtbare Augen und Ohren in jeder Ecke. Jeder Mensch auf der Straße könnte ein Geheimagent sein. Schwere Verbrechen geschahen kaum. Vor einigen Jahren hatte ein BND-Mitarbeiter seine Frau mit einem Hammer erschlagen. Ansonsten geschahen Morde nur auf dem Bildschirm, und dort war Lechner häufig dabei. Er war einer der Beamten, die bei Dreharbeiten für Fernsehkrimis als Berater vor Ort darauf achteten, dass die Szenen nicht allzu hanebüchen waren und die TV-Kommissare sich zumindest grob an die Vorschriften hielten. Vor zwölf Jahren hatte er auf diese Weise zum ersten Mal hinter die Kulissen des »Isarbullen« blicken können. Und seitdem lief er immer mal durchs Bild, brachte dem Fernsehinspektor eine Tasse Kaffee, führte Verdächtige ab oder öffnete einem Zeugen die Tür zum Büro von Oberinspektor Grieshaber. So hatte er den Schauspieler Alfons Waldbauer kennengelernt und im Laufe der Jahre eine Männerfreundschaft zu ihm aufgebaut.

»Guten Tag, ich bin Frank Litzka von der ATZ. Wir haben schon telefoniert. Schön, dass Sie Zeit haben.«

Sie gingen ein Stück bis zum Café »Dolce« am Kirchplatz. Lechner bestellte ein Weißbier, Litzka ein Radler. Dann zückte der

Reporter seinen Block und fragte. Und Lechner erzählte bereitwillig, wie er Waldbauer kennengelernt hatte.

»Dös war bei ana Verkehrskontrolle. I hob mit'm Kollegen auf d'Nacht an Wong aufg'hoitn, weil de Bremsliachta ned ganga san. Mir ham uns Papiere zoang lassn, und da Kollege woit scho an Strafzettel schreim, da hob i im Führerschein den Nam' von dem Fahrer glesn: Alfons Waldbauer. I schau ma dös Gsicht hinterm Steier genauer o und sog zum Kollegen: Dös is doch da Inspektor Grieshaber, der Isarbulle! Mia haman dann weidafahrn lassn, aba vorher hod a uns no zwoa Autogramme gem miaßn.«

»Und wie haben Sie dann Kontakt zu den Dreharbeiten bekommen?«, fragte Litzka.

»Dös war reiner Zuafoi: A bor Monat späda war i im Polizeipräsidium in da Ettstraß. Da sig i in der Kantine am Schwarzen Bredl an Aushang, dass Polizisten ois Statisten fian Isarbullen gsuacht wearn. I schreib mir sofort de Telefonnummer auf und ruaf de Produktionsfirma o. Seitdem spui i mit – immer mit schriftlicher Genehmigung von meim Vorgsetzten, logisch.«

»Erinnerte sich Grieshaber an Ihre Begegnung bei der Verkehrskontrolle?«

»Z'erst ned. Späda hob i'n in ana Drehpause dro erinnert. Da hod er a bissl verlegn glacht. I glab, er hod si dafia gschamt, dass er ois Prominenter domois koan Strafzettl kriagt hod. Aba seitdem woaß er, wer i bin. Und manchmoi hod er mi am End von seim Drehdog no auf a Bier eiglodn. Er hod si imma vui fia Polizeiarbeit interessiert.«

»Man sagt, seine Besessenheit, möglichst alles über den realen Polizeidienst zu erfahren, sei fast krankhaft.«

»Krankhaft? Na, es war hoid sei Hobby, komma song. Er war sogar Fördermitglied im Bund deutscher Kriminalbeamter.«

»Fördermitglied? Was heißt das?«

»Der BdK ist so was wia a Gewerkschaft für Kripo-Beamte. Ordentliches Mitglied komma bloß wean, wenn ma bei da Kripo is. Aber der Verband bietet a Fördermitgliedschaft für Nicht-Polizisten o. Da hod ma de gleichen Vorteile wia a Mitglied, und vor allem kriagt ma die Mitgliederzeitschrift zuag'schickt. Dafia hod er si imma bsonders interessiert. Er hod imma die Fachzeitschrift ›Deutsche Polizei‹ glesn.«

»Was wissen Sie über den Menschen Alfons Waldbauer?«

»Privat war er der Gleiche wia vor der Kamera. Er hod si seiwa gspuit. Wenn er ned Schauspieler gworn wär, sondern Polizist, dann hätt er si genau so verhoitn wia im Fernsehn. Da bin i sicha.«

»Oberinspektor Grieshaber verkörperte die personifizierte Gerechtigkeit auf dem Bildschirm …«

»Mit der Zeit is's sei Ziel worn, des Ideal, dös er verkörpert hod, in d'Wirklichkeit zum übertrong. Er hod si immer vui drüber aufgregt, wenn Verbrecher wegen guada Führung ausm Gfängnis entlassn worn san oder Freigang kriagt ham und danach wieder straffällig worn san. Er hod si a gerechte und faire Polizei gwünscht, de awa a geng Straftäda unerbittlich vorgeht. Mit dene Ansichten wär er a ideals Mitglied fia d' FLM gwesn. Aber bis jetzt hob i'n no ned dazua überredn kena.«

»Sind Sie denn Mitglied der Freien Liste?«, fragte Litzka überrascht.

»Ja, i bin scho vor a bor Johr in d' FLM eitreten. Domois woitns as Geid fia Polizei extrem kürzen. Des hätt ghoassn, dass ma weniger Streifen ghabt hätten, wos wiederum weniger Sicherheit auf de Straßn bedeit hätt. Die FLM hod si domois bei der Staatsregierung dafia eigsetzt, dass die Mittel ned kürzt worn san.«

»Und Sie konnten Waldbauer nicht für eine Mitgliedschaft gewinnen?«

»Er hod uns unterstützt, dös scho'. Aba er woit koa offizielle Mitgliedschaft.«

Litzka schrieb eifrig in seinen Notizblock. Dies waren interessante Informationen. Aber der Knüller, mit dem er seinen Artikel aufmachen könnte, fehlte noch.

14.15 Uhr

»Manchmal hätte ich ihn umbringen können.«

»Alfons, so etwas solltest du nicht sagen«, ermahnte Waltraud Waldbauer ihren Mann, der in seinem Sessel saß und an einem Whiskyglas nippte.

Unter dem Namen Waltraud Engel war sie in den sechziger und Anfang der siebziger Jahre eine bekannte Theaterschauspielerin gewesen. Alfons Waldbauer hatte sie kennen gelernt, als sie gemeinsam mit Dürrenmatts »Besuch der alten Dame« auf Theatertournee waren. Sie spielte die alte Dame, Claire Zachanassian, und er den Ill. Es war Liebe auf den ersten Blick, sie heirateten sieben Monate später. Ende der Siebziger bekam er das Angebot vom Fernsehen, von dem er damals noch nicht wusste, dass es buchstäblich die Rolle seines Lebens werden sollte. Er unterschrieb zunächst einen Vertrag für zehn Folgen des »Isarbullen«. Als der Vertrag immer und immer wieder verlängert und die Serie immer erfolgreicher wurde, kauften sie das Landhaus in Gauting südwestlich von München, zwischen Gräfelfing und Starnberg. Dort lebten sie seitdem auf einer Anhöhe mit Blick über die 18.000-Einwohner-Gemeinde im Würmtal, die heute nicht nur für ihre Baseballmannschaft und den RAF-Mord an MTU-Chef Zimmermann, sondern auch als angeblicher Geburtsort von Karl dem Großen bekannt war. Waltraud hatte ihren Theaterberuf aufgegeben und war nur noch die Frau an seiner Seite. Sie hatten einen Sohn, der in Amerika studiert hatte und jetzt als Anwalt in Hamburg arbeitete – unter dem Namen seiner Ehefrau, weil er sich nicht vorwerfen lassen wollte, mit dem prominenten Namen seines Vaters Karriere zu machen. Er besuchte seine Eltern jedes Jahr zu Weihnachten und rief regelmäßig an. Mehr Kontakt hatten sie nicht mehr.

»Der Polizei habe ich erzählt, dass ich zur Tatzeit mit dir hier zu Hause war«, sagte Alfons Waldbauer.

»Wenn es jemand wissen will, werde ich das bestätigen«, sagte sie.

»Ich war im Wald«, beantwortete er eine ungestellte Frage. »Ich war sehr wütend auf Tomasek, konnte nicht mehr spielen. Wir hatten uns gestritten. Ja, das war so ein Moment, wo ich ihn hätte umbringen können.«

»Du sollst so etwas nicht sagen, Alfons! Tomasek ist tot, und du bittest mich um ein falsches Alibi. Da solltest du so etwas nicht sagen.«

Waltraud Waldbauer liebte ihren Mann schon lange nicht mehr. Das heißt, sie liebte weiter den Alfons Waldbauer, den sie vor langer Zeit kennen gelernt hatte. Aber diesen Mann gab es nicht mehr. Heute war sie mit einem Mann zusammen, den Millionen Menschen liebten, in den sie sich aber nie verliebt hatte: Oberinspektor Diether Grieshaber. Dieser Oberinspektor war mit seinem Beruf verheiratet, und Waldbauer war mit Grieshaber verheiratet, schon seit zweiundzwanzig Jahren. Sie spielte keine Rolle mehr in seinem Leben, jedenfalls keine Hauptrolle. Sie hatte in seinem Leben nur noch die Bedeutung eines Komparsen, der in jeder Folge dabei ist, an den man sich gewöhnt hat und den man nicht mehr missen will – der aber keine andere Aufgabe mehr hat, außer dabei zu sein. Schon oft hatte sie an Scheidung gedacht, doch sich im gleichen Moment für diese Gedanken geschämt. Was Gott verbunden hat, das darf der Mensch nicht trennen. Für sie waren dies mehr als fromme Worte. Hinzu kam, dass eine Scheidung des »Isarbullen« seine Karriere ruiniert hätte, davon war sie überzeugt.

Er nahm einen weiteren Schluck aus dem Whiskyglas und sagte: »Ich kann mich doch auf dich verlassen, oder?« Es war eine rhetorische Frage, auf die er keine Antwort zu erwarten schien. Er lehnte sich in seinem Sessel zurück. Hinter ihm stand die Glasvitrine mit den unzähligen Fernsehpreisen, die er für den »Isarbullen« erhalten hatte. So wie er jetzt im Sessel saß, hatten ihn die Fernsehzuschauer noch nie gesehen: ohne Krawatte und Sakko, den obersten Hemdknopf offen, die Haare leicht zerzaust.

In diesem Moment läutete das Telefon. Sie hoben nicht ab, sondern warteten, bis sich nach dem dritten Läuten der Anrufbeantworter einschaltete. Die Stimme des Oberinspektors ertönte vom Band: »Alles, was Sie ab jetzt sagen, wird aufgezeichnet und kann gegen Sie verwendet werden. Wenn Sie eine Aussage machen wollen, sprechen Sie nach dem Signalton!« Es piepte, dann sprach Silbermann, der Produzent: »Alfons, bist du zu Hause? Wir müssen über diese schreckliche Sache reden. Wir haben Zuschaueranrufe ohne Ende. Alfons, hallo? Wenn du da bist, dann nimm bitte den Hörer ab!«

»Willst du nicht rangehen?«, fragte seine Frau.

Doch er reagierte gar nicht und schien mit seinen Gedanken ganz woanders zu sein.

14.17 Uhr

Steinmayr und Sonne erreichten die Polizeiwache in Pullach und parkten ihren Wagen direkt vor dem Eingang. Sie betraten das Dienstgebäude und zeigten dem wachhabenden Beamten ihre Marken: »Wir sind vom K 113 und suchen POM Lechner.«

»Der Lechner ist seit einer Viertelstunde im Feierabend«, sagte der offenbar etwas gelangweilte Polizist hinter dem Tresen, der seinem Namensschild zufolge Braunsberger hieß und wie Lechner auch Polizeiobermeister war. An seinem Schreibtisch war ein Dackel festgebunden, und vor ihm lag ein dickes Kreuzworträtselbuch. Darunter hatte er ein freizügiges Herrenmagazin verborgen. »Was wollt's ihr denn von ihm?«

»Interne Ermittlungen. Reine Routine. Dürfen wir mal seinen Schrank sehen?«, sagte Steinmayr. Der Hund schnüffelte am Bein des Hauptkommissars.

»Liegt was gegen den Lechner vor? Sein Spind ist hier nebenan, aber der ist abgeschlossen, und ich kann nicht …«

Sonne war schon im Nebenraum verschwunden. Er fand den Spind, auf den ein Etikett mit der Aufschrift »POM A. Lechner« geklebt war. Er rüttelte an der Tür. Sie war tatsächlich verschlossen. Der Verschlussmechanismus stellte jedoch für einen routinierten Kripobeamten keine allzu große Herausforderung dar.

»Lieber Kollege, wäre schön, wenn Sie einen Augenblick wegschauen würden«, sagte Sonne zu Braunsberger. »Dann erzählen wir Ihrer Frau auch nicht, mit was für einer Lektüre Sie sich hier Ihre Zeit vertreiben.«

Braunsberger wollte protestieren und holte empört Luft. Doch Steinmayr ließ ihn erst gar nicht zu Wort kommen und sagte scharf: »Es geht um Mord.« Und fast flüsternd fügte er hinzu: »Wir machen auch nichts kaputt. Wir wollen nur mal kurz etwas nachschauen.«

Noch bevor Braunsberger hätte antworten können, hatte Sonne die Verriegelung der Spindtür mit wenigen Handgriffen geöffnet und auf den ersten Blick gefunden, was sie suchten. Er zog sich Plastikhandschuhe an, nahm Lechners Pistolenhalfter aus dem Schrank und zog die Waffe heraus: eine Heckler&Koch P10, Kaliber neun mal neunzehn. Er ließ das Magazin herausschnappen und sah sofort, dass keine Patrone fehlte. Er reichte die Waffe an Steinmayr weiter und holte eine Schachtel Munition hervor. Zwei mal acht Kugeln, fabrikneu verpackt und abgezählt.

Braunsberger, der den Kollegen von der Kripo über die Schulter blickte, sagte: »Hier in Pullach haben wir seit über zehn Jahren im Dienst keinen scharfen Schuss abgefeuert. Aber was zum Teufel wollen Sie von Lechner?«

Anstatt zu antworten, steckte Sonne die Pistole wieder in das Halfter zurück und verschloss den Spind. Zu Steinmayr sagte er: »Dies scheint nicht die Tatwaffe zu sein. Aber wenn wir sie im Labor untersuchen lassen wollen, müssen wir sie offiziell beschlagnahmen.«

»Und das wird uns die Staatsanwältin bei einem eigenen Mann ohne dringenden Tatverdacht nicht genehmigen.«

»Erst recht nicht ohne den Hauch eines Motivs«, fügte Steinmayr hinzu und drehte sich um. An der Wand hing eine große Magnettafel mit dem Dienstplan der Pullacher Polizeiwache. »Da schau her!«, rief er. Sie blickten in die Spalte des Tattages. Bei der Spätschicht von sechzehn bis vierundzwanzig Uhr war unter »Innendienst« das Kürzel »Lec« eingetragen. »Steht Lec für Lechner?«, fragte Steinmayr in Richtung Braunsberger.

»Ja, aber warum …«

»Und er hat am Freitag tatsächlich die ganze Zeit Innendienst hier in der Wache geschoben?«

»Freilich, wer den Innendienst macht, darf sich nicht vom Schreibtisch wegbewegen. Die Wache muss ja besetzt sein.« Der Dackel bellte.

»Ich glaube, das war's«, sagte Sonne zu Braunsberger, dessen Gesicht ein einziges großes Fragezeichen war. »Vergessen Sie unseren kleinen Besuch. Schönen Dienst noch.«

Bevor Braunsberger nach den Namen der Kommissare fragen konnte, saßen die beiden schon wieder in ihrem Wagen.

»Die haben hier in Pullach aber eigenartige Polizeihunde«, bemerkte Sonne. Doch als sie im gleichen Augenblick eine ältere Dame mit einer Hundeleine, aber ohne Hund die Polizeiwache betreten sahen, wurde ihnen klar, dass es sich bei dem putzigen Tier wohl um ein Fundstück handeln musste.

»Wollen wir den Lechner noch suchen?«, fragte Sonne. »Vielleicht ist er daheim. Den Angaben der Leitstelle zufolge wohnt er in Pullach in der Wurzelseppstraße.«

»Nicht dein Ernst. Gibt es die wirklich?«, meinte Steinmayr lachend. »Aber ich glaube, das hat keinen Zweck. Ein Polizeidienstplan dürfte ein todsicheres Alibi sein.«

»Und wenn ein anderer mit seiner Waffe …«, dachte Sonne laut nach.

»Aber wer? Und warum? Jürgen, das macht doch alles keinen Sinn.«

Als Nächstes hatten sich die Kommissare vorgenommen, Tomaseks Büro etwas genauer zu untersuchen. Der richterliche Durchsuchungsbeschluss war reine Formsache. Nachdem die Kollegen noch in der Tatnacht in Tomaseks Villa nur wenige private Gegenstände gefunden hatten, setzten Sonne und Steinmayr ihre Hoffnung nun auf die Arbeitsräume des toten Regisseurs.

Tomasek hatte sein Büro im Erdgeschoss des Rückgebäudes der Isar-Television gehabt. Silbermanns Assistent öffnete den Beamten die Tür des Gebäudes.

»Herr Silbermann ist nicht da«, erklärte er. »Er ist vor einer halben Stunde zu seinem Bootshaus am Starnberger See gefahren.«

»Wir möchten nicht zu Silbermann«, sagte Steinmayr. »Wir würden gerne das Büro von Herrn Tomasek anschauen.«

»Hat alles seine Richtigkeit«, fügte Sonne hinzu und winkte mit dem Durchsuchungsbeschluss.

Sie wurden durchgelassen und in das Büro geführt. Der Raum war nur halb so groß wie das Büro von Silbermann. Dennoch wurden die von der Gewerbeaufsicht vorgeschriebenen Mindestquadratmeterzahlen für Büro-Arbeitsplätze immer noch mehrfach übertroffen. Auf einem modernen Schreibtisch aus Buchenholz lagen mehrere Drehbuchmanuskripte, die Süddeutsche Zeitung und der Münchner Merkur vom Freitag, die Zeit und der Spiegel sowie ein handschriftlich beschriebenes Blatt Papier. Die Schrift war sehr unleserlich, auf Anhieb entziffern konnten sie nur die Überschrift »Der Isarbulle – Entwurf für ein neues Konzept«.

»Wenn wir diese Sauklaue entschlüsseln, finden wir vielleicht einen Hinweis auf den Mörder«, sagte Steinmayr und hielt das Blatt vor das große helle Fenster. Neben der Tür stand ein zimmerhohes Regal voll mit Aktenordnern. Sie enthielten vor allem Drehbücher, Exposés und Manuskripte. An der anderen Seite der Tür stand die von Tomaseks Frau erwähnte Couch, die mit wenigen Handgriffen zu einem bequemen Nachtlager umfunktioniert werden konnte. Über dem Sofa hing ein expressionistisches Bild, das von einem Künstler mit einem unaussprechbaren, wahrscheinlich tschechischen oder polnischen Namen signiert und auf das Jahr 1975 datiert war. Sonne malte sich gerade aus, welche Szenen sich wohl auf dieser Couch schon abgespielt hatten und wie viele weibliche Nebenrollen hier schon vergeben worden waren, als Steinmayr einen massiven Holzschrank öffnete.

»Da schau her«, sagte er, als er hinter der Schranktür einen modernen Kühlschrank sowie ein Regal mit einem halben Dutzend Champagnergläser entdeckte. Er öffnete den Kühlschrank und fand dort vier volle Champagnerflaschen. Die Markennamen hatte er beim Großeinkauf bei Aldi oder Lidl noch nie gesehen, es handelte sich also nicht gerade um Billigsekt.

»Da legst di nieda. Der hat es sich hier gut gehen lassen«, sagte Steinmayr.

»Während sich seine Frau in der Grünwalder Villa langweilte«, fügte Sonne hinzu.

Steinmayr schloss den Kühlschrank und Sonne ging wieder zu Tomaseks Schreibtisch. Dort setzte er sich in den Drehstuhl aus schwarzem Leder und rüttelte an den Schreibtischschubladen.

»Abgeschlossen«, murmelte er und nahm vom Schreibtisch eine Büroklammer, die er mit wenigen Handgriffen so zurechtgebogen hatte, dass der Inhalt der Schubladen nicht länger ein Geheimnis bleiben sollte.

»Briefumschläge, Blankobriefbögen, Visitenkarten, Briefmarken, Autopapiere, ein Stadtplan von München und eine Straßenkarte von Oberbayern«, sagte er, während er den Inhalt der obersten Schublade durchwühlte. Aus dem zweiten Schubfach entnahm er einen Stapel Briefe und drückte sie Steinmayr in die Hand. »Schau dir das doch mal an. Vielleicht ist etwas dabei, was uns weiterbringt.«

Dann öffnete er die unterste Schublade und holte eine schwarze Pappschachtel mit der Aufschrift »Amour noir« hervor.

»Sag mal, Horst, hast du auch Gummis in deiner Büroschublade?«

»Klar, warum nicht?«, sagte Steinmayr, der die Briefe durchblätterte und daher nicht sehen konnte, dass sein Kollege keine Gummiringe, sondern Präservative meinte. »Ach, solche Gummis«, meinte er dann, als er zu Sonne hinüber blickte. »Nein, die brauche ich während der Arbeit eher selten. Anscheinend war Tomasek wirklich kein Kostverächter.«

»Und was hast du gefunden? Wahrscheinlich lauter Liebesbriefe?«

»Nein, absolut nicht. Durchweg berufliche Korrespondenz: Briefe von Schauspieleragenten, Komparsenvermittlern und Fernsehredakteuren. Auf den ersten Blick nichts Verfängliches dabei.«

Während er durch den Stapel blätterte, fiel ein gelber Notizzettel zu Boden, der offenbar an der Rückseite eines der Briefe geklebt hatte. Beide bückten sich gleichzeitig und wären beinahe mit den Köpfen zusammengestoßen. Doch Sonne hatte den Zettel zuerst ergriffen und las vor: »241 Js 23130/99 – Sieht aus wie ein Aktenzeichen in einem Gerichtsverfahren. Und darunter steht eine Telefonnummer: 5597413.«

Steinmayr tippte die Nummer mit Münchner Vorwahl gleich in sein Handy und erhielt auch ein Rufzeichen. Nach fünfmal Klingeln legte er auf.

»Vielleicht hatte er mal ein Strafverfahren wegen Falschparkens oder Rechtsüberholens«, vermutete Steinmayr.

»Oder wegen sexueller Nötigung am Arbeitsplatz«, fügte Sonne hinzu.

3. Kapitel

Sonntag, 9. März. 11.20 Uhr

Ulrike Gellner und ihre Freundin Natalina Faraldo hatten sich am drehfreien Sonntagmorgen im Café Glockenspiel über dem Marienplatz zum Frühstück verabredet. Hier saßen sie oft gemeinsam und genossen den Blick über die Dächer der Stadt und auf das Rathaus. Seitdem Ulrike in München war, war Natalina ihre beste und einzige wirkliche Freundin geworden. Ulrike hatte ihr Germanistikstudium in Wuppertal nach vier Semestern abgebrochen, nachdem sie erfolgreich an einem Casting für eine neue Daily Soap teilgenommen hatte. Bedingung für die Rolle war, dass sie die ganze Woche über in München am Drehort sein konnte. Der Ortswechsel war unvermeidlich. Die Gage und die Aussicht, ein Fernsehstar zu werden, machten den Studienabbruch verkraftbar. Mit einem Germanistikstudium kann man eh nicht viel machen, redete sie sich ein. Viele ihrer Kommilitonen versuchten sich inzwischen mehr oder weniger motiviert als Journalisten, weil ihnen nichts Besseres einfiel, oder jobbten mehr oder weniger brotlos bei Kleinverlagen.

Selbst wenn sie die Fernsehrolle in erster Linie ihrem Aussehen und weniger ihrer schauspielerischen Begabung verdankt haben sollte: Nach vielen Jahren Kameraerfahrung war sie überzeugt, auch für die ernsthafte Schauspielerei zu taugen. Natalina hatte sie darin immer bestärkt. Sie war mit ihren dreiundzwanzig Jahren drei Jahre jünger als Ulrike. Die Tochter eines Mailänder Automechanikers und einer Münchner Friseurin hatte von ihrem Vater das italienische Temperament geerbt, von ihrer Mutter das attraktive Aussehen und die Fähigkeit, ihre Schönheit entsprechend zur Schau zu stellen. Wenn Ulrike und Natalina gemeinsam unterwegs waren, dann war sicher, dass kein Mann nicht wenigstens auf eine der beiden ein Auge warf: Natalina war die rassige gelockte Dunkelhaarige mit feurigen südländischen Augen, Ulrike die verführerische Blondine mit blauen, strahlenden Augen und Schmollmund. Strittig war in der Männerwelt, welche von beiden die schöneren Beine und die bessere Figur hatte. Beides hatten sie schon mehrfach gezielt eingesetzt, um etwa auf Premierenpartys mit einflussreichen Regisseuren oder Filmemachern ins Gespräch zu kommen. Allerdings waren ihre Gesprächspartner oft enttäuscht, wenn es nur beim Gespräch blieb.

»Konntest du gut mit dem Tomasek?«, fragte Natalina.

»Geht so«, antwortete Ulrike.

»Ich fand ihn schon attraktiv. Schade, dass er kein Schauspieler war. Ich hätte ihn gerne mal geschminkt«, sagte Natalina. Ulrike schaute aus dem Fenster, von wo aus sie die Menschen auf dem Marienplatz sehen konnte, die auf das berühmte Glockenspiel im Rathausturm warteten.

»Meinst du, dass eine seiner Affären ihn umgebracht hat?«, fragte Natalina.

»Wieso Affären?«

»Sag bloß, es hat sich nicht bis zu dir herumgesprochen, dass Tomasek, wenn es drauf ankam, wie sagt man so schön, keine von der Bettkante stieß. Sofern sie unter dreißig war und Model-Maße hatte.«

»Es gehören ja immer noch zwei dazu«, sagte Ulrike. »Schließlich muss man sich erst mal auf die Bettkante setzen, bevor man runtergestoßen werden kann. Hättest du dich etwa mit ihm eingelassen?«

»Er ist … war so ein typisches Beispiel dafür, dass Männer umso attraktiver werden, je älter sie sind. Er schien körperlich noch sehr fit zu sein. Und die grauen Schläfen …« Natalina geriet ein bisschen ins Schwärmen.

Ulrike war sich nicht mehr sicher, ob ihre Freundin nicht doch etwas mit dem Regisseur gehabt hatte. Auch beste Freundinnen hatten ihre Geheimnisse voreinander. »Seine Frau tut mir leid«, sagte sie.

»Warum? Es heißt, sie soll selber auf diese Weise mit ihm zusammengekommen sein.«

»Mag ja sein. Aber sie waren verheiratet. Verspricht man sich da nicht ewige Treue? Und zusammenzuhalten in guten und schlechten Zeiten?«

»In Liebe und Schmerz«, ergänzte Natalina lachend. »Aber ich glaube, dass derartige Gelöbnisse im Showgeschäft nicht so eng gesehen werden. Und überhaupt: Wir leben nur einmal, und zwar jetzt.«

Natalina trank ihren Milchkaffee aus, während Ulrike gedankenverloren in ihrem Latte Macchiato rührte.

»Irgendwas ist mit dir heute doch nicht in Ordnung«, sagte Natalina.

Ulrike blickte an ihr vorbei aus dem Fenster in die Ferne und sagte: »Etwas nicht in Ordnung? Das kann man wohl sagen. Ein Mord ist geschehen.«

11.35 Uhr

Im Konferenzraum des Dezernats 11 der Münchner Kripo in der Bayerstraße hatte Kriminaloberrat Uwe Maurer eine erste Lagebesprechung einberufen. Maurer war Leiter des Dezernats für vollendete und versuchte Tötungsdelikte und damit Münchens oberster Mordermittler. Er koordinierte die Arbeit der fünf Mordkommissionen in dem unscheinbaren siebenstöckigen Bürogebäude neben dem Hauptbahnhof und schaltete sich bei spektakulären Fällen selbst in die Ermittlungen ein. Er saß am Kopf des Konferenztisches und stopfte sich eine Pfeife. Weil man ihn fast nie ohne Pfeife sah, nannte man ihn auch den »Maigret von München«. Neben Maurer saß Staatsanwältin Heidrun Staudinger von der Staatsanwaltschaft München I. Sie würde später im Strafprozess gegen den Täter die Anklage vertreten und wollte daher von Anfang an über alle Details der Ermittlungen informiert sein. Von der Mordkommission drei waren die Hauptkommissare Steinmayr und Sonne sowie Oberkommissar Caliskan vertreten. An der anderen Seite des Tisches saß Kommissar Kellerbach vom K 311, der die Ergebnisse der Spurensicherung zusammenfassen sollte.

»Morgen früh, wenn die Arbeitswoche beginnt und die Journalisten wieder in ihre Redaktionen kommen, werden bei uns die Telefone nicht still stehen«, sagte Maurer in die Runde. »In der Mittagsrunde werden wir konkrete Ergebnisse vorstellen müssen, wenn wir am Dienstag nicht als Schlagzeile lesen wollen: ›Die Polizei tappt im Dunkeln‹.«

Jeden Mittag um elf Uhr dreißig fand im Münchner Polizeipräsidium eine Presserunde statt, an der die meisten Polizeireporter der Stadt teilnahmen und wo die Polizeisprecher den aktuellen Pressebericht referierten. Meistens ging es dabei um Diebstähle, Einbrüche, Überfälle, mal eine Körperverletzung. Routinemäßig wurden die neuesten Drogentoten bekannt gegeben. Doch bei brisanteren Fällen war der Andrang viel größer, und oft nahm dann auch Kriminaloberrat Maurer an der Presserunde teil.

Steinmayr goss sich viel Milch in seinen Kaffee, rührte um und sagte: »Im Moment wissen wir nur so viel: Tomasek wurde Freitagabend kurz vor zweiundzwanzig Uhr in Halle vier auf dem Bavaria-Filmgelände von zwei Schüssen tödlich getroffen. Es gibt keine Zeugen, nur ein Nachtwächter hat die Schüsse gehört und die Polizei alarmiert. Die Kugeln stammen – und das ist das Interessante an der Sache – mit höchster Wahrscheinlichkeit aus einer Polizeiwaffe.«

»Es handelt sich um eine P.E.P. neun mal neunzehn Millimeter, mit ziemlicher Sicherheit abgefeuert aus einer Heckler&Koch«, erläuterte Kellerbach. »Vermutlich eine P10 oder eine USP Compact. Die Modelle sind fast baugleich.«

»Wir haben sofort checken lassen, ob in den letzten Wochen eine solche Pistole bei uns abhandengekommen ist«, fügte Sonne hinzu.

»Und?«, fragte Maurer.

»Absolut negativ. Der letzte Raub einer Dienstwaffe in München liegt vier Jahre zurück. Damals haben wir noch mit der alten Munition geschossen.«

»Die Waffe muss ja nicht in München gestohlen worden sein«, warf Maurer ein.

»Hat die Anfrage beim LKA schon etwas ergeben?«, fragte Steinmayr Caliskan, der den Kopf schüttelte.

»Nein, die Jungs in der Maillingerstraße arbeiten ja am Wochenende auch nur mit ihrer Notbesetzung. Ich denke, dass wir morgen früh mehr wissen.«

Staatsanwältin Staudinger sprach das aus, was wohl allen durch den Kopf ging: »Also müssen wir annehmen, dass wir es mit einem Täter aus den eigenen Reihen zu tun haben? Wie ist die Motivlage?«

»Es gibt nur einen Polizeibeamten im Umfeld des Opfers. Den haben wir … ähem, grob überprüft«, sagte Steinmayr. »Er hat ein Alibi und kein Motiv.«

»In welchem Zusammenhang steht er mit dem Fall?«, wollte Maurer trotzdem wissen.

»Er ist regelmäßig als Polizeikomparse bei den Dreharbeiten dabei und hat sich mit dem Hauptdarsteller angefreundet, diesem Waldbauer.«

»Den kenne ich übrigens«, warf Maurer ein.

»Er hat einen Bekanntheitsgrad von achtundneunzig Prozent, Herr Kollege«, spöttelte die Staatsanwältin. »Warum sollten Sie ausgerechnet zu den zwei Prozent gehören, die kein Fernsehgerät besitzen?«

»Ich kenne ihn persönlich«, sagte Maurer, ohne auf den spöttischen Ton Staudingers einzugehen. »Er war einmal hier. Ist sicher schon sechs oder sieben Jahre her. Ich leitete damals die MK 1. Er informierte sich über die Arbeit in einer Mordkommission, und am meisten interessierte ihn die Frage, ob wir Beamte uns untereinander duzten. Er ist mir als angenehmer und sympathischer Mann in Erinnerung geblieben, der sich für viele Kleinigkeiten interessierte.«

»Diesen Eindruck haben uns auch alle anderen Zeugen geschildert«, meinte Sonne. »Ich glaube aber kaum, dass seine Detailversessenheit so weit ging, dass er mal einen richtigen Mord ausprobieren wollte.«

»Wer weiß? Haben nicht einige Zeugen sogar gesagt, seine Besessenheit sei krankhaft«, sagte Caliskan, während er in den Vernehmungsprotokollen blätterte. »Außerdem hatte er unmittelbar vor dem Mord einen heftigen Streit mit Tomasek. Dafür gibt es ein Dutzend Zeugen. Allerdings war er zur Tatzeit mit seiner Frau zu Hause.«

»Sind Sie im Umfeld der Produktionsfirma auf Verdächtige gestoßen?«, fragte Staatsanwältin Staudinger, die in dieser Runde nicht betonen musste, mit dem gleichnamigen bayerischen Justizminister weder verwandt noch verschwägert zu sein und ihren Posten nicht auf die bayerische Amigo-Tour bekommen zu haben.

Steinmayr überflog seine Notizen und goss sich eine weitere Tasse Kaffee ein. »Der Regieassistent Brock hätte ein Motiv. Er übernimmt für den Rest der Dreharbeiten die Regie. Allerdings konnte er das vor dem Mord noch nicht wissen. Wenn er Glück hat und sich geschickt anstellt, ist das sein Durchbruch als Regisseur. Er gibt an, zur Tatzeit in Ingolstadt gewesen zu sein. Wir haben dieses Alibi noch nicht überprüft.«

»Nicht ganz ohne Motiv ist auch Tomaseks Ehefrau, Christina Lindinger-Tomasek«, sagte Sonne.

»Ist das nicht diese Stadträtin?«, fragte Maurer. »Ich wusste gar nicht, dass die mit einem Fernsehfritzen verheiratet ist.«

»Ja, exakt. Sie ist es. Und wenn sie ihren Mann ermordet hat, wird sie sicherlich einen verständnisvollen Richter finden. Denn er hat sie nach Strich und Faden betrogen. Und jeder wusste davon.«

»Allerdings war sie zur Tatzeit in Rom«, sagte Steinmayr und resümierte: »Mehr Verdächtige können wir derzeit nicht bieten.«

»Was ist mit dieser Ulrike Gellner?«, fragte Staudinger. »Ich habe von ihr ein Vernehmungsprotokoll in den Akten gefunden.«

»Ja, ähem … nein«, stotterte Sonne. Er konnte schlecht zugeben, die junge Frau nur wegen ihres attraktiven Äußeren vernommen zu haben. »Sie hat keine wesentlichen Angaben zur Aufklärung des Falles beitragen können. Ich glaube nicht, dass sie etwas mit der Sache zu tun hat.«

»Und wie gehen wir jetzt morgen in die Presserunde?«, fragte Maurer.

»Sagen wir doch, dass wir in alle Richtungen ermitteln und verschiedenen Spuren nachgehen«, schlug die Staatsanwältin vor, und Sonne runzelte unmerklich die Stirn über diese Allerweltsfloskel.

»Wie wär's, wenn wir einfach bei der Wahrheit bleiben und sagen: Wir haben keinen blassen Schimmer, wer der Täter ist. Schließlich werden reale Mordfälle nicht wie im Fernsehen in sechzig Minuten geklärt.«

Maurer wirkte über diesen Vorschlag nicht begeistert und sagte: »Warten wir ab, was sich noch entwickelt. Wir haben bis zur Presserunde noch fast vierundzwanzig Stunden.«

12.32 Uhr

»Weißt du eigentlich, wie Unterhaching gespielt hat?«, fragte Steinmayr seinen Kollegen auf dem Weg in ihr Büro. Nach dem Sieg der Sechzger war er neugierig darauf, den Endspielgegner zu erfahren. Aber auch Sonne kannte das Ergebnis des zweiten Pokalhalbfinales gegen Oer-Erkenschwick, einen Amateurclub aus Westfalen, nicht. Zwar zweifelte niemand an einem Sieg des Münchner Vorstadt-Vereins, aber man wollte doch zumindest wissen, wie hoch der Sieg ausgefallen war. Daher galt Steinmayrs erster Handgriff im Büro der Fernbedienung des Fernsehgerätes, mit dem er den Lokalsender einschaltete und die entsprechende Seite im Teletext aufrief. Es dauerte einige Sekunden, bis sich die Tafel aufbaute und den erwarteten und erhofften Vier-zu-eins-Sieg der Unterhachinger anzeigte.

»Sauwa, sog i«, freute sich Steinmayr auf ein bayerisches Finale und wollte in die Hand von Sonne einschlagen. Doch dann stockte er und fragte: »Oder stehst du etwa auf der Seite dieses Kohlenpott-Clubs?«

Sonne war gerade nicht danach zumute, Steinmayr zum wiederholten Male zu erläutern, dass Nordrhein-Westfalen aus mehr als dem Ruhrgebiet bestand und es diffizile Unterschiede schon zwischen Nord- und Niederrhein gab und vor allem, dass man Oer-Erkenschwick mitnichten dem Kohlenpott zurechnen dürfe. Während Steinmayr noch die übrigen Fußballergebnisse anschaute, lauschte Sonne den Worten, die er – vom Videotextbild überdeckt – im Lokalfernsehen hörte.

»Mit Sicherheit für München«, sagte eine Stimme, die ihm sehr bekannt vorkam. »Wo Recht und Ordnung herrschen, ist für Verbrecher und Kriminelle kein Platz …«

»Mach mal aufs Bild, schnell!«, rief Sonne, und Steinmayr schaltete den Teletext aus. Was sie nun sahen, war Oberinspektor Diether Grieshaber alias Alfons Waldbauer auf dem Marienplatz, mit dem Rathaus als Hintergrundkulisse.

»Mach mal lauter«, rief Caliskan, der Waldbauer auch erkannt hatte und vor das Fernsehgerät trat.

»München muss eine sichere Stadt bleiben«, sprach Waldbauer. Die Bürgerinnen und Bürger wollen keine Frankfurter oder Hamburger Verhältnisse. Wer auf die Straße geht, soll nicht befürchten müssen, an der nächsten Ecke Opfer eines Überfalls zu werden oder über einen Drogentoten zu stolpern. München muss eine sichere Stadt bleiben. Daher empfiehlt der Isarbulle: Wählen Sie unsere Stadträtin Christina Lindinger-Tomasek wieder in den Rat. Mit Sicherheit für München, Ihr Oberinspektor Diether Grieshaber.«

Die Kamera zoomte auf das Rathaus, und nach der Abblende

sprach eine Stimme: »Sie sahen eine Wahlwerbesendung zur bayerischen Kommunalwahl der Freien Liste München. Für den Inhalt des Spots ist allein die Partei verantwortlich. Sehen Sie nun eine Werbesendung der Christlich-Sozialen Union, CSU …«

»Habt ihr so was Bescheuertes schon mal gesehen?«, fragte Sonne in die Runde. »Wusstet ihr, dass der Waldbauer für diese Freie Liste auch noch Wahlwerbung macht?«

»Nein«, antwortete Steinmayr. »Aber ich habe dieses München-TV auch noch nie gesehen – abgesehen von der Wiesn-Berichterstattung, die immer ganz pfundig ist.«

»Ich habe München-TV auf meinem Fernseher gar nicht programmiert«, sagte Sonne. »Hoffentlich haben wir es bei unserem Mord nicht mit einer Polit-Intrige zu tun. Dann sind wir den Fall nämlich los an die Jungs aus der Maillingerstraße.«

»Ich glaube nicht, dass das LKA sich für die Münchner Kommunalpolitik interessiert«, sagte Sonne.

»Und ich glaube – auch wenn es etwas stümperhaft umgesetzt ist: Die Idee ist nicht schlecht«, warf Caliskan ein.

»Welche Idee?«, fragten Steinmayr und Sonne fast gleichzeitig.

»Na, die Idee, den ›Isarbullen‹ für eine Law-and-Order-Partei werben zu lassen. Du wirst kaum einen Werbeträger finden, der größere Akzeptanz genießt. Und der Bekanntheitsgrad ist unschlagbar. Ein Kripo-Beamter, der seit Jahrzehnten jeden Mörder zur Strecke bringt. Das ist doch genau das, was die FLM ihren Wählern verkaufen will. Jedenfalls besser als die CSU, die bei einer OB-Wahl den Slogan einer Damenbinde verwandte: ›Mit Sicherheit ein gutes Gefühl!‹«

»Mag sein, mag sein«, stimmte Steinmayr zu und rührte gedankenverloren in einer leeren Kaffeetasse. »Aber ich sehe dennoch keinen Zusammenhang zu unserem Fall. Die Sache gibt kein Motiv her.«

»Was ist, wenn den Schauspielern jede politische Betätigung verboten war und Tomasek Waldbauer zur Rede stellte? Es könnte zum Streit gekommen sein«, mutmaßte Sonne.

Steinmayr schüttelte leicht den Kopf: »Kann ich mir nicht vorstellen. Dann schon eher was mit Schmiergeldern. Vielleicht hat der Tomasek bei der FLM irgendwelche Leichen im Keller gefunden. Soll ja in der bayerischen Politik gelegentlich vorkommen. Und warum nur auf höchster Ebene?«

»Wie dem auch sei«, sagte Caliskan. »Wenn der Waldbauer wirklich der Mörder sein sollte …«

»… was wohl derzeit unsere Vorstellungskraft übersteigt«, warf Steinmayr dazwischen.

»… dann dürfte für die FLM diese Werbekampagne wohl ziemlich nach hinten losgegangen sein.«

In diesem Moment läutete das Telefon auf Steinmayrs Schreibtisch. Sonne, der in der Nähe des Apparats stand, wollte den Hörer nehmen, fragte vorher aber seinen Kollegen: »Bist du überhaupt da? Es ist schließlich Sonntag …«

»Wer ist es denn?«, wollte Steinmayr wissen.

Sonne schaute auf das Display und las die Nummer vor: »5597212. Das ist die Staudinger.«

In diesem Moment hatte Steinmayr offenbar einen Geistesblitz: Mit 5597 fingen die Nummern der Staatsanwaltschaft München I an. »Ich wusste doch, dass mir an der Telefonnummer auf dem Zettel in Tomaseks Büro etwas bekannt vorkam«, sagte er und war nach zwei großen Schritten an seinem Telefon. Er nahm den Hörer ab und ersparte sich Begrüßungsfloskeln: »Frau Staudinger, wer hat bei Ihnen die Durchwahl 413?«

Staatsanwältin Heidrun Staudinger am anderen Ende der Leitung war über diese stürmische Begrüßung wohl etwas irritiert. Nach einem kurzen Blättern in ihrer Telefonliste konnte sie jedoch mitteilen, dass der Anschluss zu Staatsanwalt Richard Geltendorf gehörte, zuständig für Einbruch und Diebstahl.

»Und können Sie mir auch sagen, zu welchem Fall das Aktenzeichen 241 Js 23130/99 gehört?«, fragte Steinmayr gleich hinterher. Doch auf diese Frage musste die Staatsanwältin zunächst die Antwort schuldig bleiben. Es war Sonntagnachmittag und die Registratur nicht besetzt.

»Okay, danke. Bis morgen dann«, sagte Steinmayr und legte den Hörer auf.

»Und was wollte die Staudinger jetzt von uns?«, fragte Caliskan.

»Oh«, sagte Steinmayr, dem nun auffiel, dass er nicht sie, sondern sie ihn angerufen hatte. »Wenn's wichtig war, wird sie sich schon wieder melden.«

Noch eine Stunde blieb Frank Litzka bis zum Andruck der Abendausgabe. In der Lokalredaktion der ATZ herrschte eine ruhige, aber dennoch gespannte Arbeitsatmosphäre. Alle Redakteure konzentrierten sich auf ihre Artikel oder auf die Seite, die sie zu planen hatten. Chefredakteur Lohmann hatte persönlich die Gestaltung der Titelseite übernommen. Schon lange bevor Litzka für seinen Aufmachertext die erste Zeile in seinen Computer getippt hatte, stand die Schlagzeile für die Montagausgabe fest: »Mord beim Isarbullen: Was wirklich geschah« hatte Lohmann in der größtmöglichen Schriftart ins Layout gepresst.

»Ich plane ein Bild von Waldbauer ein: zweispaltig, zweihundertzehn«, rief Lohmann quer durch das Großraumbüro in Richtung Fotoredaktion. »Und für dich vierzig Zeilen, Flitzer.«

»Vierzig Zeilen? Das ist gerade mein Vorspann«, antwortete Litzka.

»Du kannst dich im Lokalteil austoben, die Seite plant die Schulze.«

Litzka widmete sich wieder seinem Text. Er wusste, dies war seine Chance, ganz groß rauszukommen. Das, was er jetzt schrieb, würde morgen Gesprächsthema an den Kaufhauskassen und in den Treppenhäusern sein. Er hatte schon alle Fakten aus dem Interview mit Lechner zusammengeschrieben. Auch den offiziellen Bericht der Polizei-Pressestelle mit seinen üblich dürftigen Informationen hatte er eingeflochten – verbunden mit seinen eigenen Eindrücken vom Tatort. »Herr Lohmann, ich stelle meine Rohfassung ins System. Vielleicht können Sie ja mal drüberlesen«, rief er seinem Chef zu.

Der hatte den Text mit wenigen Mausklicks auf seinen Bildschirm geholt. Schon nach dem ersten Satz stutzte er: »Flitzer, du hattest schon bessere Einstiegssätze als ›Zwei Tage nach dem Mord bei den Dreharbeiten des ›Isarbullen‹ tappt die Polizei immer noch im Dunkeln.‹« Lohmann löschte den ersten Satz und ersetzte ihn nach kurzem lauten Nachdenken durch: »Trauer! Betroffenheit! Entsetzen! Zwei Tage nach dem schrecklichen Mord am Isarbullen-Regisseur Drahomir Tomasek ist die Bavaria-Filmstadt immer noch wie gelähmt.« Und zu Litzka sagte er: »Bring doch noch mehr Drive in die Story! Und wie wär's mit ein bisschen mehr Hintergrund über Waldbauer? Schau doch, ob du im Archiv was findest. Ist ja noch Zeit.«

Noch genau dreiundvierzig Minuten. Aber Litzka liebte es, unter Druck zu arbeiten. Diese Adrenalinstöße waren es, die ihn in den Journalismus getrieben hatten. Er klickte mit der Maus auf das Online-Archiv und hatte Zugriff auf alle ATZ-Ausgaben der letzten dreißig Jahre. Die Suchbegriffe »Isarbulle« und »Waldbauer« brachten vierhundertdrei Treffer. Bei den meisten handelte es sich jedoch um Programmhinweise im Fernsehteil. Er präzisierte seine Suchanfrage, indem er nur den Namen »Alfons Waldbauer« eingab und das Ressort »TV-Programm« ausschloss. Es blieben achtunddreißig Treffer übrig. Die Artikel der letzten Jahre kannte er bereits, daher klickte er ganz an den Anfang der Trefferliste. Dort tauchte überraschenderweise eine Polizeimeldung aus dem Jahr 1973 auf. Sie hatte nichts mit dem »Isarbullen« zu tun. Litzka öffnete den Text und las:

»Bei einem Verkehrsunfall auf eisglatter Fahrbahn auf der Landstraße zwischen Planegg und Gräfelfing ist am Donnerstag ein sechsjähriges Mädchen lebensgefährlich verletzt worden. Das Kind hatte am Straßenrand gespielt, als ein Ball auf die Fahrbahn rollte. Als es auf die Straße lief, wurde es von einem blauen Opel Rekord, Baujahr 1969, erfasst und in den Straßengraben geschleudert. Der Fahrer entfernte sich vom Unfallort, ohne sich um das Opfer zu kümmern. Augenzeugen zufolge hatte das Auto das Kennzeichen M-VR 430. Der Wagen ist zugelassen auf Alfons Waldbauer aus München. Die Polizei bittet um sachdienliche Hinweise unter der Nummer …«

Litzka wunderte sich über die Angabe des Namens. Das würden heute Datenschutzbestimmungen und Pressekodex streng verbieten.

»Herr Lohmann, ich habe etwas Interessantes gefunden! Wollen Sie mal schauen?«

Lohmann kam an Litzkas Arbeitsplatz und las die Meldung.

»Kann das *der* Alfons Waldbauer sein? Oder ist das eine zufällige Namensgleichheit?«, fragte Litzka.

»Wenn es der Isarbulle gewesen wäre, dann hätte das doch einen Riesenskandal gegeben«, meinte Lohmann.

»Nicht zwangsläufig. 1973 lief die Serie noch nicht. Waldbauer war ein unbekannter Theaterschauspieler, kein Promi. Andererseits sind weder sein Vor- noch sein Nachname besonders originell, als dass sie Anspruch auf Einmaligkeit erheben könnten.«

»Stimmt. Dennoch wäre das ein interessanter Rechercheansatz«, sagte Lohmann. »Dem sollten Sie nachgehen! Und kriegen Sie raus, was aus dem Unfallopfer geworden ist!«

Der Chefredakteur formulierte leise schon die Schlagzeile, die er vor sich sah: »Der Isarbulle fuhr mich zum Krüppel.«

»Aber heute kriege ich da nichts mehr raus, ich geh der Sache morgen nach«, beschloss Litzka mit Blick auf die Uhr. Der Redaktions-schluss rückte in bedrohliche Nähe.

Litzka tippte fleißig, auch wenn es ihn zunehmend nervöser machte, dass Lohmann ihm dabei regelmäßig über die Schulter schaute und aus seiner Sicht kreative Verbesserungsvorschläge machte. Fünf Minuten vor der Deadline wurde der Text fertig. Litzka setzte noch sein zum Markenzeichen gewordenes Kürzel »flitz« unter den Text, und Lohmann klickte auf den »Freigabe«-Button. Jetzt wurde die Seite vom Bildschirm aus direkt zur Belichtung in die Technik geschickt. Schon zwei Stunden später würden die ersten Exemplare der Abendausgabe von Boten in Kneipen und Restaurants verkauft werden.

4. Kapitel

Montag, 10. März. 8.27 Uhr

Am nächsten Morgen trafen sich Steinmayr und Sonne zum Frühstück beim Bäcker im U-Bahn-Geschoss am Sendlinger Tor. Hier kreuzten sich ihre U-Bahnen auf dem Weg zur Arbeit, und beide mussten hier umsteigen, um das Morddezernat am Hauptbahnhof zu erreichen. Sonne war mit der U6 aus Freimann drei Minuten früher da, bevor Steinmayr, der in Thalkirchen direkt am Flaucher wohnte, die vier Stationen mit der U3 hinter sich gebracht hatte. Das Frühstück, das sie regelmäßig zum gemeinsamen kriminalistischen Grübeln hier beim Bäcker Müller an runden Stehtischen zu sich nahmen, bestand gewöhnlich aus einem Pappbecher Kaffee – für Steinmayr mit Milch und Zucker, für Sonne schwarz wie die Nacht – und jeweils einem Vanillekrapfen. Es war nicht ungesünder als die Mittagsverpflegung, die sie meistens vom »Wienerwald« direkt neben dem Polizeigebäude besorgten.

»Schon Zeitung gelesen?«, begrüßte Sonne seinen Kollegen.

»Nur die Süddeutsche. Und die bleibt in einem größeren Einspalter ziemlich nüchtern und sachlich.«

Sonne hatte gerade die ATZ mit der Schlagzeile »Mord beim Isarbullen – Was wirklich geschah« ausgepackt.

»Jetzt bin ich aber gespannt, was Litzka wieder rausgefunden hat«, sagte er. »Wenn er tatsächlich weiß, was wirklich geschah, dann haben wir ja nicht mehr viel zu tun.« Er stellte seinen Kaffeebecher zur Seite und las laut vor: »Trauer! Betroffenheit! Entsetzen! Zwei Tage nach dem schrecklichen Mord am Isarbullen-Regisseur Drahomir Tomasek ist die Bavaria-Filmstadt immer noch wie gelähmt. Die Mordkommission ermittelt nun im Umfeld der TV-Produktion sowie im Privatleben des Mordopfers.« Es folgten die Fakten aus dem Pressebericht der Polizei. Dann war zu lesen: »Der Isarbulle ist in den Brennpunkt polizeilicher Ermittlungen geraten. Erfahren Sie mehr über den Hauptdarsteller Alfons Waldbauer und seine Liebe zum Detail – im Lokalteil auf Seite 16.«

»Gib mal her«, sagte Sonne und nahm Steinmayr das Blatt aus den Händen. Er schlug die genannte Seite auf und las dort unter einem alten Szenenfoto, auf dem der Oberinspektor Grieshaber einen Täter abführte, der von Gert Fröbe gespielt wurde, folgenden Text:

»Alfons Waldbauer ist kein Schauspieler wie jeder andere. Für den 68-Jährigen gibt es seit 22 Jahren nur eine Rolle – und die brachte ihm die Auszeichnung ›Ehrenkommissar‹ der Münchner Polizei ein. ›Er ist sogar Mitglied der Polizeigewerkschaft‹, sagt Wachtmeister Alois Lechner im ATZ-Interview. Lechner ist polizeilicher Berater der Fernsehserie. Er lernte Waldbauer vor einigen Jahren bei einer Polizeikontrolle kennen – und ließ ihn laufen. Man kann den Isarbullen doch nicht festnehmen! Die Rolle des Inspektors Grieshaber ist Waldbauer zur zweiten Identität geworden. Zur ersten eigentlich, sagen Insider und Fernsehkollegen, denen die Detailverliebtheit des Stars längst über die Hutschnur geht. Er verwendet bei den Dreharbeiten nicht nur eine ›echte‹ Polizeidienstmarke, die ihm der Polizeipräsident anlässlich der 250. Folge als Dank für die positive Imagewerbung für die Münchner Polizei verliehen hat. Er besitzt seit acht Jahren auch einen Waffenschein und eine originale ...«

Sonne schluckte zweimal und blickte von der Zeitung hoch in das regungslose Gesicht von Steinmayr. Er musste die nächsten Worte nicht mehr vorlesen.

»Laut überarbeitetem Drehplan sind sie heute früh im Tierpark Hellabrunn. Verhaftungsszene vor dem Affenhaus«, erinnerte sich Sonne. »Zum Tierpark sind es nur fünf Stationen. Da sind wir mit der U-Bahn schneller, als wenn wir jetzt erst unseren Dienstwagen holen.«

»Das ist gleich bei mir um die Ecke«, stimmte Steinmayr zu, legte einen Fünf-Euro-Schein auf die Theke und beide rannten die Rolltreppe hinunter zum Bahnsteig, um die nächste U3 Richtung Fürstenried-West zu bekommen. Im Berufsverkehr dauerte das Ein- und Aussteigen an den einzelnen Stationen länger als sonst: Goetheplatz, Poccistraße, Implerstraße, Brudermühlstraße ... immer wieder die monotonen Worte des türkischen U-Bahn-Fahrers: »Zusteigen! Zurückbleiben bitte! Vorsicht!« Leider konnten sie der U-Bahn kein Blaulicht aufsetzen. Dennoch waren sie in kurzer Zeit an der Station Thalkirchen, wo sich der berühmte Tierpark befand.

Das Kassenhäuschen passierten sie durch Zücken ihrer Dienstausweise. Sie ließen sich den kürzesten Weg zum Affenhaus erklären.

»Da san's, die Affen«, sagte Steinmayr, als er schon von Weitem die Scheinwerfer sehen konnte. Das Gelände vor dem mit Glas verkleideten Urwaldhaus war abgesperrt. Um die bronzefarbene Gorillafigur vor dem Gebäude waren Stromkabel verlegt. Viele wichtige Menschen und andere, die sich so vorkamen, wirbelten umher. Im Mittelpunkt des Interesses stand Oberinspektor Diether Grieshaber, der eine Waffe im Anschlag hielt und auf einen Zoo-Wärter zielte.

»Bleiben Sie stehen. Im Namen des Gesetzes, ich verhafte Sie wegen des Verdachts …«, rief der TV-Inspektor dem Verdächtigen zu.

»Er besitzt seit acht Jahren auch einen Waffenschein und eine originale Polizeiwaffe«, wiederholte Sonne rennend die Worte aus dem Zeitungsartikel, während sie mit gezogenen Waffen auf das Filmteam zurannten.

»Du glaubst doch nicht, dass er mit einer scharfen Waffe hier bei den Dreharbeiten …«

»Weiß man's?«, sagte Sonne schnaufend, als sie nur noch wenige Meter entfernt waren. »Wer sagt uns, dass hinter dem biederen Oberinspektor nicht ein psychopathischer Killer steckt?«

Und Steinmayr schrie: »Kripo München! Jeder bleibt an seinem Platz stehen und rührt sich nicht!«

Alle verharrten an ihrem Fleck, nur die Kamera surrte leise weiter.

»Waldbauer, lassen Sie ganz langsam die Waffe sinken und legen Sie sie auf den Boden«, rief Sonne.

Waldbauer schien immer noch in seiner Rolle zu sein. Wie in Trance drehte er sich zu den Beamten, die Waffe immer noch gezogen.

Sonnes Stimme überschlug sich, als er schrie: »Fallenlassen! Sofort! Oder ich schieße!«

Er überlegte für Sekundenbruchteile, ob er einen Warnschuss abgeben sollte. Alles spielte sich in wenigen Augenblicken ab. Der Schauspieler, der den Tierpfleger spielte, hatte sich Waldbauer unbemerkt von hinten genähert. Nun konnte er ihm seelenruhig die Waffe aus der Hand nehmen.

Dann sagte Waldbauer, der immer noch neben sich zu stehen schien: »Meine Herren, was fällt Ihnen ein, hier die Dreharbeiten zu stören? Wissen Sie nicht, wie teuer es ist, eine Szene zu wiederholen?«

Steinmayr nahm die Waffe an sich und öffnete das Magazin. Sie war nicht geladen. Aber auf den ersten Blick stellte er fest: Es war eine Heckler&Koch P10, so wie sie zur Standardausrüstung der bayerischen Polizisten gehört.

»Herr Waldbauer, wir müssen Sie bitten, uns aufs Präsidium zu begleiten«, sagte Steinmayr.

»Bin ich verhaftet?«, fragte dieser leise.

»Nein, aber Sie haben uns einiges zu erklären. Bitte kommen Sie mit.«

Brock stand aus seinem Regiestuhl auf und rief: »Ich glaube, wir müssen diese Szene abbrechen.«

11.30 Uhr

Die tägliche Presserunde der Münchner Polizei musste an diesem Montag in den großen Augustinersaal verlegt werden. Selten waren die Fälle so spektakulär, dass auch Vertreter der überregionalen Medien durch den Hintereingang in der Augustinerstraße das Polizeipräsidium betraten. Am Kopf des Konferenzraumes hatten Kriminaloberrat Maurer und Staatsanwältin Staudinger vor dem großen Polizeiwappen an der Wand Platz genommen. Neben ihnen saß Martin Brandt, der Leiter der Pressestelle.

»Wenn Sie sich noch einen Moment gedulden würden«, sagte Brandt zu den wartenden Journalisten. »Der Leiter der Mordkommission, Herr Hauptkommissar Steinmayr, müsste jeden Moment hier sein.«

Unterdessen sorgte die junge Reporterin von Radio Charivari mit einer unfreiwilligen Slapstickeinlage für Kurzweil, als sie ihr Mikrofon, nachdem sie es vor Maurer aufgestellt hatte, mit einer ungeschickten Bewegung vom Tisch herunterriss und so ein fulminantes Geschepper verursachte. Maurer gab sich als Gentleman und half der Reporterin, den Kabelsalat zu entwirren, als Sonne statt Steinmayr den Raum betrat und sich neben Brandt setzte.

»Entschuldigung«, flüsterte er. »Wir hatten noch einen Einsatz, Kollege Steinmayr ist im Dezernat, wir haben den …«

»Wir müssen anfangen«, unterbrach ihn der Pressesprecher leise und sprach dann laut zu den wissbegierigen Journalisten: »Meine

Damen und Herren, ich begrüße Sie zu unserer Pressekonferenz. Das Wort hat Kriminaloberrat Maurer.«

»Danke sehr«, ergriff Maurer das Wort. »Der Fall, über den wir heute reden, dürfte Ihnen bereits bekannt sein. Über den Sachstand vom Wochenende hinausgehend, kann ich Ihnen nur mitteilen, dass wir in alle Richtungen ermitteln, wir haben jedoch noch keine heiße Spur oder gar einen Tatverdächtigen.«

»Ich schlage vor, dass wir gleich die Fragerunde eröffnen«, sagte Brandt.

Josef Fillinger, der Polizeireporter des Bayerischen Rundfunks mit dem Spitznamen »Leichen-Sepp«, richtete seine Frage an die Staatsanwältin: »Gibt es schon Hinweise auf ein Motiv? Und wie brauchbar sind die Zeugenaussagen?«

»Auch hier kann ich nur wiederholen, was Herr Maurer bereits gesagt hat: Wir ermitteln in alle Richtungen.«

»Stochern Sie wirklich im Dunkeln oder wollen Sie uns nichts sagen?«, echauffierte sich der Redakteur vom Merkur.

Frank Litzka stellte die nächste Frage: »Welche Spur haben Sie im Tierpark verfolgt?«

»Im Tierpark?«, wiederholte Maurer, der über den jüngsten Einsatz noch nicht informiert war.

Jetzt hast du dich verraten, Bürschchen, dachte Sonne. Denn von dem Einsatz im Zoo konnte er nur über den Polizeifunk erfahren haben. Laut sagte er: »Wir sind einer Spur nachgegangen, die uns möglicherweise zur Tatwaffe führt.«

Unruhe breitete sich im Raum aus. Dies war eine Information, die für alle Anwesenden neu war. Maurer und Staudinger tuschelten leise miteinander. Sonne flüsterte: »Entschuldigung, aber ich konnte Sie nicht mehr erreichen. Ich komme gerade vom Einsatz. Steinmayr beginnt schon mit der Vernehmung …«

Brandt schnitt ihm das Wort ab und unterbrach die Pressekonferenz für wenige Minuten. Er konnte nicht zulassen, dass von ihm nicht kontrollierte Informationen an Journalisten weitergegeben wurden. Und auch Maurer und Staudinger wollten jetzt wissen, was die Beamten im Tierpark ermittelt hatten. Sie traten kurz vor die Tür und schauten Sonne fragend an, der seine Erkenntnisse in wenigen Worten zusammenfasste: »Wir haben Waldbauer mitgenommen, er besitzt eine echte HK-P10, das Kaliber stimmt überein.

Er hat auch eine Verbindung zum Opfer, die über das Filmgeschäft hinausgeht: Waldbauer macht Wahlwerbung für die Freie Liste, und für diese Partei sitzt Tomaseks Ehefrau im Stadtrat.«

»Das reicht nicht mal für einen halben Haftbefehl«, sagte Staudinger.

»Und stellen Sie sich den Skandal vor, wir würden den ›Isarbullen‹ festnehmen«, gab Maurer zu bedenken.

Brandt schlug vor: »Wir sollten als offizielle Lesart verkünden, dass Waldbauer noch einmal als Zeuge vernommen wird. Das mit der Waffe sollten wir noch nicht an die Öffentlichkeit geben.«

»Mit Ihrer Aussage, dass wir möglicherweise die Tatwaffe haben, haben Sie sich etwas weit aus dem Fenster gelehnt, Sonne«, sagte die Staatsanwältin. »Sprechen Sie das Thema auf der Pressekonferenz lieber nicht mehr an.«

»Wenn jemand nachfragt, sagen Sie, das hätten Sie so nicht gesagt, und es müsse sich um ein Missverständnis handeln«, riet Brandt.

Und Staudinger fügte hinzu: »Am besten bleiben wir dabei, dass wir in alle …«

»… Richtungen ermitteln, ich weiß«, ergänzte Sonne. »Wenn wir nichts sagen wollen, warum geben wir dann überhaupt eine Pressekonferenz?«

»Weil wir sonst den ganzen Nachmittag Dutzende von Telefonanrufen mit denselben Fragen beantworten müssten«, erklärte der Pressesprecher.

»Jetzt kommen Sie, die Journalisten warten«, sagte Maurer und trat wieder in den Konferenzsaal. Als sich alle hingesetzt hatten, ergriff Brandt das Wort.

»Meine Damen und Herren, Herr Kriminaloberrat Maurer bringt Sie nun auf den neuesten Stand der Ermittlungen.«

»Nach wie vor ist der Täter unbekannt, ebenso das Motiv. Wir ermitteln intensiv vor allem im direkten Umfeld der Fernsehproduktion. In diesem Zusammenhang erhoffen wir uns von Herrn Waldbauer Auskünfte über das Privatleben des Opfers.«

»Warum ausgerechnet von Waldbauer?«, fragte »Leichen-Sepp«.

»Weil er schon viele Jahre mit Tomasek zusammengearbeitet hat«, antwortete Maurer.

»Welche Bedeutung hat es für Sie, dass Waldbauer eine echte Polizeiwaffe besitzt?«, fragte Litzka.

Staudinger antwortete sofort: »Wie Sie in Ihrem Artikel selbst geschrieben haben, besitzt er die Waffe legal und hat einen Waffenschein. Damit dürfte Ihre Frage beantwortet sein.«

Das war sie natürlich nicht. Ein anderer Journalist, der nicht zu den Stammkunden der täglichen Presserunde gehörte, stellte die nächste Frage: »Stimmt es, dass Tomasek seine Frau erpresst hat?«

»Ich weiß nicht, woher Sie diese Informationen beziehen. Ich kann sie daher nicht kommentieren«, sagte Staudinger.

Die Journalisten bemerkten offenbar, dass sie zum jetzigen Zeitpunkt nicht mehr viel erfahren konnten, und fragten nicht weiter.

»Wenn es keine Fragen mehr gibt, bedanke ich mich für Ihr Interesse«, floskelte Brandt, und die enttäuschten Medienvertreter packten ihre Sachen zusammen. Die Charivari-Reporterin warf beim Abbauen diesmal auch noch den Mikrofonständer des Konkurrenzsenders Arabella zu Boden und verriet dabei entschuldigend, dies sei ihr erster Einsatz im Praktikum. Dann fragte sie die Staatsanwältin, ob sie noch für ein kurzes Radiointerview zur Verfügung stehe. Sie hatte gerade erst bemerkt, dass sie vergessen hatte, ihr Mikrofon einzuschalten.

Litzka und »Leichen-Sepp« verließen gemeinsam den Presseraum.

»Das war ja heute mal wieder nicht sehr ergiebig«, sagte Litzka.

Und Fillinger erwiderte: »Immerhin haben wir etwas Grundlegendes erfahren: Es wird mal wieder in alle Richtungen ermittelt.«

Litzka lachte: »Hoffentlich wird ihnen dabei nicht schwindelig.«

13.14 Uhr

Alfons Waldbauer saß wie versteinert auf einem Holzstuhl im fensterlosen, von einer flackernden Neonröhre erleuchteten Vernehmungszimmer des Morddezernats. Seinen Mantel hatte er nicht abgelegt. Er blickte an Steinmayr vorbei die beigefarben gestrichene Wand an. Gerade erzählte Waldbauer, wie er in den Besitz der Heckler&Koch gekommen war, als Sonne den Raum betrat.

»Die ersten Jahre haben wir mit Requisiten-Pistolen gearbeitet«, sagte er mit monotoner Stimme. »Die sehen zwar täuschend echt aus. Aber sie sind viel leichter und liegen nicht richtig in der Hand.

Sie sind meist aus Plastik, und ein Kenner sieht am Fernsehschirm sofort, dass es Spielzeug ist.«

Sonne setzte sich wortlos neben seinen Kollegen und hörte den Ausführungen Waldbauers zu.

»Wie Sie wissen, bin ich vor einiger Zeit zum Ehrenkommissar der Münchner Polizei ernannt worden. Das ist nichts Außergewöhnliches, auch andere TV-Kommissare, zum Beispiel aus dem Tatort, haben diese Auszeichnung erhalten. Bei der Gelegenheit habe ich den damaligen Polizeipräsidenten Keller kennengelernt. Und er hat beim Innenministerium eine Ausnahmegenehmigung erwirkt, mit der ich eine echte Waffe bekommen konnte.«

»Aber einen Waffenschein brauchten Sie trotzdem«, stellte Steinmayr fest.

»Freilich. Den hatte ich schon. Schon in den ersten Jahren des ›Isarbullen‹ habe ich eine Schießausbildung gemacht, weil ich wissen wollte, wie man mit einer Pistole umgeht, und einen Waffenschein beantragt.«

»Besitzen Sie auch privat eine Waffe?«, fragte Sonne.

Waldbauer zögerte mit der Antwort. »Nein, nicht mehr«, sagte er dann.

»Was soll das bedeuten?«, bohrte Steinmayr nach.

Wieder wartete Waldbauer einen Moment, bis er mit der Sprache herausrückte.

»Ein Freund schenkte mir damals eine Pistole aus dem Zweiten Weltkrieg. Ich glaube, sie hieß Walther P-38. Ob sie funktionierte, weiß ich nicht. Habe nie mit ihr geschossen. Als ich später erfuhr, dass es illegal war, sie zu besitzen, habe ich sie …«, er hielt kurz inne, um dann hinzuzufügen, »… entsorgt«.

»Entsorgt?«, fragte Sonne.

»Ja, ich habe sie an der Wittelsbacher Brücke in die Isar geworfen.«

»Und besitzen Sie für die P10 Munition?«

»Nein. Wenn bei Dreharbeiten geschossen werden muss, dann ist das Sache unserer Fachleute für Spezialeffekte.«

»Und Ihr Freund Lechner? Der hätte Ihnen doch sicher irgendwie echte Patronen beschaffen können, oder?«, mutmaßte Sonne.

»Ich kann mir nicht vorstellen, dass das erlaubt ist«, erwiderte Waldbauer trocken.

»Einen Menschen zu erschießen, ist auch nicht erlaubt. Dennoch ist es geschehen.« Sonne wurde lauter. »Dass es Kriminelle und Gesetzesbrecher gibt, wissen Sie doch nur zu gut. Oder warum machen Sie Wahlpropaganda für die Freie Liste?«

»Was hat das mit dem Mord zu tun?«, fragte Waldbauer.

»Sehr viel«, antwortete Steinmayr. »Schließlich werben Sie für die Ehefrau des Getöteten.«

»Zufall«, sagte Waldbauer. »Das eine hat nichts mit dem anderen zu tun. Ich weiß nicht, was Sie mir damit unterstellen wollen!«

»Vielleicht Zufall. Vielleicht aber auch nicht. Das herauszufinden, ist unser Job. Seit wann werben Sie für die FLM und was bekommen Sie dafür?«

»Ich bekomme lediglich meine Aufwendungen erstattet, Fahrtkosten und so etwas. Ich tue dies aus Überzeugung. Seit zweiundzwanzig Jahren kämpfe ich gegen das Verbrechen. Aber nur auf dem Bildschirm. Ich wollte mich auch in der Realität engagieren.«

»Und wie ist der Kontakt zur FLM entstanden?«, wollte Steinmayr wissen.

»Als Lechner mich darauf ansprach, wusste ich gar nicht, dass Tomaseks Frau für die FLM im Stadtrat sitzt. Ich habe es erst erfahren, als ich Ehrengast auf einer Mitgliederversammlung war. Zwischen Tomasek und mir war das nie ein Thema.«

In diesem Moment betrat Kommissar Caliskan den Raum. Er hatte ein Fax in der Hand und sagte nur: »Der Laborbericht.«

Er legte das Blatt vor Steinmayr auf den Tisch, der überflog den Text und reichte das Fax an Sonne weiter. Zu Waldbauer sagte er: »Es sieht nicht gut aus. Unsere Ballistiker haben eindeutig nachgewiesen, dass Tomasek mit Ihrer Waffe erschossen wurde. Sie werden verstehen, dass wir uns das Alibi jetzt nochmal sehr genau anschauen werden, das Ihre Frau Ihnen gegeben hat.«

»Die Staatsanwaltschaft wird nun überprüfen, ob sie aufgrund der Indizien einen Haftbefehl beantragt«, sagte Sonne und gab Caliskan ein Zeichen.

»Ich hab das schon geklärt und mit der Staudinger gesprochen«, verkündete Caliskan und wandte sich an Waldbauer: »Sie können gehen, aber Sie dürfen die Stadt nicht verlassen. Halten Sie sich zu unserer Verfügung.«

Waldbauer konnte seine Situation offenbar noch nicht ganz fassen. Er stand auf und verließ grußlos den Raum.

»Warum beantragt die Staudinger keinen Haftbefehl?«, fragte Sonne Caliskan.

»Waldbauer ist ein Promi, ein Star. Sie will kein Risiko eingehen. Und Fluchtgefahr besteht wohl nicht bei einem Bekanntheitsgrad von achtundneunzig Prozent«, antwortete Caliskan. »Ich habe noch was für euch. Die Staudinger hat das Aktenzeichen gecheckt, das auf dem Zettel in Tomaseks Büro stand.«

»Und?«, fragten Steinmayr und Sonne, als ihr Kollege eine dramaturgische Kunstpause einlegte.

»Gegen die Lindinger-Tomasek lief mal ein Diebstahlsverfahren. Sie wurde beschuldigt, in einem Kaufhaus einen Dosenöffner, eine Sonnenbrille und ein Lederetui mitgenommen zu haben. Das Verfahren wurde gegen Zahlung einer Geldbuße wegen mangelnden öffentlichen Interesses eingestellt. Zwei Jahre vorher wurde sie schon mal von einem Supermarkt angezeigt. Doch hier wurden die Ermittlungen sofort eingestellt, weil sie das Bezahlen einfach nur vergessen hatte, wie sie später aussagte.«

»Ist ja hochinteressant«, sagte Steinmayr. »Unsere Law-and-Order-Frau im Rathaus ist also eine Ladendiebin.«

»Und was machen wir jetzt?«, fragte Sonne.

»Bevor wir der Freien Liste einen Besuch im Rathaus abstatten, sollten wir noch dieses Manuskript von Tomasek unter die Lupe nehmen. Da kann uns am besten jemand vom Filmteam helfen, der Tomaseks Handschrift kennt und uns den Inhalt des Papiers erläutern kann. Dieser Brock vielleicht?«

»Oder Ulrike Gellner?«, schlug Sonne vor. »Am besten fahre ich gleich hin.«

»Meinetwegen«, sagte Steinmayr. »Und wenn du mit der schönen Ulrike fertig bist, holst du mich ab und wir fahren zusammen ins Rathaus. Okay?«

14.51 Uhr

»Ich glaube nicht, dass er der Richtige für mich ist«, sagte Ulrike Gellner.

Sie hatte ein verweintes Gesicht. Sonne sah die Tränen in ihren Augen. Er beobachtete, wie Ulrike und ihre Freundin Natalina

Faraldo in einer leer stehenden Produktionshalle auf einem Holzpodest saßen. Leise hockte er sich hinter eine Kulissenwand und startete einen inoffiziellen Lauschangriff, ohne richterliche Genehmigung, dafür mit einer gehörigen Portion Neugier.

»Und warum wolltest du das Kind nicht?«, hörte Sonne Natalina fragen.

»Denk doch mal nach! Ich stehe vor dem Sprung von der Daily ins ernsthafte Schauspielerfach, habe meine ersten seriösen Rollen. Ich habe mich nicht jahrelang zur blonden Dumpfbacke abstempeln lassen, um jetzt alles aufzugeben! Glaubst du, ich könnte drei Jahre Babypause einlegen und dann wiederkommen und sagen: Hallo, da bin ich wieder, ich hoffe, ihr habt mir meinen Job frei gehalten. Außerdem bin ich dann fast dreißig. Dann ist der Zug für mich abgefahren. Meine Chance ist jetzt!«

»Und deswegen hast du dein Kind abtreiben lassen? Du hast doch immer gesagt, dass du mal ein Kind haben willst.«

»Natalina, glaubst du, das ist mir leichtgefallen? Natürlich möchte ich mal ein Baby. Aber nicht jetzt. Ich lebe erst mal mein Leben.«

»Und was sagt Jörg dazu?«

Ulrike schluckte. Nach einem kurzen Moment sagte sie: »Er weiß nichts davon.«

»Mensch Ulrike, du bist doch total durchgeknallt! Du lässt dir von ihm ein Kind machen, dann lässt du es wegmachen, und dein Freund hat keinen blassen Schimmer von gar nichts?«

»Ich bin mir auch nicht mehr sicher, ob er der Mann ist, der der Vater meiner Kinder sein soll«, sagte Ulrike. »Es ist in letzter Zeit alles so anders mit ihm geworden. Er zeigt ständig so ein demonstratives Desinteresse an mir und meinem Beruf. Die Folge, in der ich zum ersten Mal mitgespielt habe, hat er sich gar nicht angesehen, weil er Kegelabend mit seinen Kollegen von der Bepo hatte.«

»Bepo?«

»Er ist doch seit drei Monaten bei der Bereitschaftspolizei in Bamberg stationiert. Er hat dort Schichtdienst rund um die Uhr und meistens dann frei, wenn ich Drehtage habe. Wir sehen uns kaum noch. Wir bräuchten eigentlich keine Zweieinhalb-Zimmer-Wohnung in Schwabing. Ein Appartement mit einem Bett würde reichen. Es ist eh immer nur einer daheim.«

»Aber ihr wart doch vorher auch glücklich, obwohl es eine

Fernbeziehung war: er auf der Polizeiakademie in Ainring und du im Studium in Wuppertal.«

»Ja, aber als wir uns kennenlernten war ich zweiundzwanzig und er zwanzig. Ich fand ihn damals süß, und ich mag ihn ja heute noch. Aber ich will einen Mann, kein Bübchen. Und ich muss doch an meine Karriere denken. Ein TV-Moderator oder ein Popsänger würde mir sicher besser stehen als ein Bereitschaftspolizist.«

»Oder ein Fernsehregisseur«, meinte Natalina, die jedoch sofort merkte, dass der Scherz bei Ulrike nicht besonders gut ankam. Sie redete schnell weiter: »Du willst also einen Star als Freund, damit du in die Schlagzeilen kommst?«

»Das ist doch Unsinn. Natürlich wäre es nicht schlecht, mal ein paar Wochen an der Seite von Oli Kahn zu verbringen, so als PR-Aktion. Wie die Jenny Elvers es mit dem Lauterbach gemacht hat. Und die Verona ist doch auch nur durch Dieter Bohlen berühmt geworden. Aber was ich brauche, ist ein Mann, der mir zuhört, der mir Rückhalt gibt, der für mich da ist und dem nicht ich das Leben erklären muss. Verstehst du?«

»Du willst dich von Jörg trennen, weil er unter deinem Niveau ist? Diva, komm mal wieder runter. Und pass auf, dass du nicht hochmütig wirst. Du bist nicht die Ferres!«

Ulrike sprang auf. »Du glaubst also auch nicht an meine Zukunft! Dachte ich's mir doch. Und ich glaubte, du wärst meine Freundin. Ich dachte immer, wir könnten über alles reden, und ich könnte dir alles sagen. Aber danke, auf solche Freundschaften kann ich verzichten! Deine Moralpredigten brauche ich nicht!«

»Hey, warum so theatralisch?«, versuchte Natalina, ihre Freundin zu beruhigen. Aber Ulrike hatte wieder Tränen in den Augen und stürmte davon.

»Ulrike, jetzt lauf doch nicht weg«, rief ihr Natalina hinterher. »So hab ich das doch nicht …«

Sonne richtete sich blitzschnell auf, so als hätte er die Halle just in diesem Augenblick betreten. Ulrike lief ihm beinahe in die Arme.

»Ah, der Herr Kommissar«, sagte sie und setzte ein gespieltes Lächeln auf. Das beherrschte sie als Schauspielerin. Aber auch wenn Sonne das vorhergegangene Gespräch nicht belauscht hätte, wäre ihr Gemütszustand nicht nur aufgrund ihres verwischten Makeups unschwer zu erkennen gewesen.

»Frau Gellner, wie geht es Ihnen? Schön, Sie zu sehen. Ich wollte zu Ihnen. Haben Sie ein paar Minuten Zeit für mich?«

Sie zögerte. »Ja. Kommen Sie mit zu Hilde? Ich kann jetzt einen Kaffee gut gebrauchen.«

»Hilde?«, fragte Sonne.

»Hier gegenüber, ›Hildes Filmcafé‹«, sagte Ulrike und deutete auf das kleine Lokal auf dem Bavaria-Gelände.

»Gerne. Aber nur, wenn ich Sie einladen darf.«

15.21 Uhr

»Sind sie öfters hier?«, fragte Sonne und vernaschte den Keks, der auf der Untertasse seines Kaffees beigelegt war.

»Ja, regelmäßig. Hilde ist eine Institution hier auf dem Filmgelände. Sie macht das Catering bei den Dreharbeiten. Und nebenher betreibt sie ihr Filmcafé.«

»Ist das Hilde?«, fragte Sonne und zeigte auf eine etwa sechzigjährige große, hagere, schwarzhaarige Frau hinter der Theke.

»Ja«, sagte Ulrike. »Und wissen Sie was? Sie war vor vierzig Jahren das erste Playmate im deutschen ›Playboy‹. Ich habe sie auf einer Party kennengelernt. Eine tolle Frau, hat viel durchgemacht … Ich war ja auch mal Playmate, wie Sie sicher schon gehört haben …«

Er dachte nicht länger darüber nach, wie ein Topmodel zu einer Café-Besitzerin wird, sondern wandte sich wieder seinem Fall zu: »Frau Gellner, vielleicht können Sie mir helfen. Wir haben in Tomaseks Büro ein Papier mit Aufzeichnungen gefunden. Es geht um den ›Isarbullen‹. Können Sie damit etwas anfangen?« Er holte das zusammengefaltete Blatt hervor und legte es auf den Tisch.

Sie überflog es kurz und sagte sofort: »Ja, das ist das neue Konzept. Die Serie sollte etwas jugendlicher und moderner werden.«

»Jugendlicher? Mit einem Hauptdarsteller im Rentenalter?«

»Natürlich steht Waldbauer als Star nicht in Frage. Er kommt ja laut Meinungsumfragen auch bei den jüngeren Zuschauern gut an, verkörpert eine Vater- oder sogar Großvaterfigur. Tomaseks Idee war es, ihm einen jüngeren Assistenten zur Seite zu stellen – oder sogar eine Assistentin. Der oder die könnte dann mal in eine Schlägerei verwickelt werden und den Geschichten etwas mehr Action geben. Vielleicht könnte der ›Isarbulle‹ mit einer Assistentin sogar eine kleine Affäre anfangen. Aber ich fürchte, das würde der Sender nicht durchgehen lassen.«

»War dieses Konzept schon von irgendjemandem abgesegnet oder ausdiskutiert?«, fragte Sonne und bemühte sich, nicht allzu häufig in ihre tiefblauen Augen zu schauen. Denn alle Frauen, in die er sich bislang verliebt hatte, hatten ihn zuerst immer mit den Augen um den Verstand gebracht.

»Nicht offiziell. Er hatte wohl mit Silbermann schon drüber gesprochen. Und er machte aus seinen Ideen kein Geheimnis, erzählte seine Pläne bei jeder passenden und unpassenden Gelegenheit.«

»Und was sagte Waldbauer dazu?«

»Begeistert war er natürlich nicht. Er steht auf dem Standpunkt: Die Serie ist erfolgreich, und daher muss nichts geändert werden. Doch mit der Weiter-so-Mentalität ist er im Team ziemlich allein.«

»Daher der Streit mit Tomasek am Tattag?« Sonne konnte ihren Augen nicht mehr ausweichen. Für Sekundenbruchteile trafen sich ihre Blicke, und er schaute sofort wieder weg. Ihm schien, als hätte er in ihrem Gesicht so etwas wie ein Lächeln wahrgenommen.

»Ja, es kam aus diesem Grund öfters zu Meinungsverschiedenheiten.«

»Mal ganz direkt gefragt …«, sagte Sonne. Zwar wären ihm jetzt noch ein paar andere direkte Fragen eingefallen, doch blieb er rein dienstlich: »Können Sie sich vorstellen, dass dieser Streit ein Mordmotiv sein könnte?«

»Ich kann nicht in Köpfe hineinschauen«, antwortete sie. »Aber soweit ich Waldbauer bislang kennengelernt habe, scheint er in manchen Punkten durchaus krankhafte Züge an sich zu haben. Ich will nicht ausschließen, dass es da in seinem Hirn irgendwo versteckt einen kleinen Defekt gibt, der ihn …« Sie sprach nicht weiter.

»… zum Mörder macht?«, vervollständigte Sonne den Satz.

Sie nickte. Nach einem kurzen Moment fügte sie leicht verschämt hinzu: »Wissen Sie was? Für einen Hauptkommissar sind Sie verdammt nett.«

Sonne errötete leicht. Damit hatte er nun nicht gerechnet.

»Was ist das denn?«, fragte Steinmayr seinen Kollegen, der den Dienstwagen über die Zweibrückenstraße in Richtung Marienplatz lenkte. Er zeigte auf die Autogrammkarte, die Sonne auf die Ablage zwischen Sprechfunk und Handbremse gelegt hatte.

»Ach, das habe ich mir für meine Nichte geben lassen«, sagte Sonne beiläufig und legte das Foto von Ulrike Gellner beiseite.

»Erstens habe ich noch nie gehört, dass du eine Nichte hast. Und zweitens: Warum steht dann über der Unterschrift ›Für Jürgen‹?«

»Ein Missverständnis«, startete Sonne den Versuch einer Rechtfertigung. Er war froh, dass er schnell das Thema wechseln konnte, als er an der Ecke zur Küchelbäckerstraße einen Parkplatz entdeckte. »Hier, den nehmen wir«, rief er, und mit einigem Lenk- und Rangieraufwand gelang es ihm rückwärts in die winzige Lücke einzuparken. Es waren noch einige Schritte, die sie zu Fuß bis zum Rathaus am Marienplatz zurücklegen mussten.

»Hast du von der Gellner denn etwas erfahren, was uns bei unseren Ermittlungen weiterbringt?«

»Ja, sie hat Zoff mit ihrem Freund, eine richtige Krise.«

»Jürgen, ich sagte: etwas, das uns bei unseren Ermittlungen weiterbringt, nicht bei deinen peinlichen Flirtversuchen.«

»Lass mich doch mal ausreden. Also: Sie hatte vor ein paar Wochen eine Abtreibung, ihr Freund weiß aber nichts davon. Sie überlegt, ob sie ihn sitzen lassen soll. Sie will sich etwas Besseres zulegen. Ein Bereitschaftspolizist ist ihr nicht gut genug.«

»Was für eine Diva! Da wäre ein Hauptkommissar ja zumindest schon mal eine Steigerung.«

Sonne ignorierte die Bemerkung.

»Und wer ist der Vater?«, fragte Steinmayr.

Sonne zuckte mit den Schultern. »Davon war keine Rede.«

Am Marienplatz betraten sie durch den Haupteingang, den Pförtner freundlich grüßend, das den ganzen Platz dominierende Gebäude, das der Grazer Architekt Georg von Hauberrisser zwischen 1867 und 1908 in Protz und Prunk errichtet hatte. Über das dunkle Treppenhaus kamen sie in den ersten Stock, wo die Freie Liste ihre Fraktionsgeschäftsstelle hatte.

»Grüß Gott, wir hatten uns angemeldet«, sagte Steinmayr und zeigte seinen Dienstausweis.

»Ja, ich weiß«, antwortete die Sekretärin, die in einem großen Aktenberg zu versinken drohte. »Einen Moment, bitte«, sagte sie und suchte unter ihrem Papierkram das Telefon, das sie zwar hören, aber nicht sehen konnte. Unaufgefordert setzten sich Steinmayr und Sonne auf die beiden Besucherstühle neben der Tür. Das Fraktionsbüro wurde von einem Chaos beherrscht, das man bei einer Recht-und-Ordnung-Partei in dieser Form nicht erwartet hätte. An der Wand hingen mehrere Wahlplakate, einige zeigten Lindinger-Tomasek als Spitzenkandidatin, auf anderen warnte der »Isarbulle« vor Kleinkriminellen und Drogenhändlern. Es wurde nicht deutlich, ob es sich um Waldbauer oder Inspektor Grieshaber handeln sollte. Auf allen Plakaten stand in prägnanten roten Buchstaben der Slogan »Mit Sicherheit für München«.

»Entschuldigen Sie«, sagte die Sekretärin, als sie das Telefonat beendet hatte. »Frau Lindinger hat gerade noch eine Besprechung. Wenn Sie sich noch ein paar Minuten gedulden könnten? Leider ist die Kaffeemaschine kaputt, aber ich kann Ihnen ein Wasser anbieten. Oder einen Tee?«

Die Kommissare lehnten dankend ab.

»Aber vielleicht können Sie uns etwas über Ihre Chefin erzählen«, sagte Steinmayr. »Wieso sitzt sie schon wieder im Büro? Drei Tage, nachdem ihr Mann ermordet wurde?«

»Sie ist eine gewissenhafte Frau. Und die bevorstehende Kommunalwahl duldet keine Trauerpause. Ich denke, dass Arbeit die beste Trauerbewältigung ist.«

»Wissen Sie, ob ihr Mann sich auch für ihre politische Arbeit interessierte?«, fragte Steinmayr.

»Keine Ahnung. Jedenfalls nicht so, dass wir hier etwas davon mitbekommen hätten.«

»Wie viele Mitarbeiter hat denn Ihre Ratsfraktion?«, wollte Sonne wissen.

»Formal sind wir ja gar keine richtige Fraktion. Neben Frau Lindinger gibt es mit Doktor Böttinger noch einen Abgeordneten. Die beiden sind in den Stadtrat eingezogen, weil es in Bayern auf kommunaler Ebene keine Fünf-Prozent-Hürde gibt. Das führt dann dazu, dass diese verrückten Homos mit ihrer Rosa Liste im Rat sitzen dürfen. Oder dieser wahnsinnige Rechtsanwalt, der immer Bäume besetzt und Großkonzerne verklagt. Sie wissen schon … Was hatten Sie gleich gefragt? Ach ja, hier im Büro arbeiten außer mir noch eine Sachbearbeiterin und eine Schreibkraft.«

In diesem Moment wurde die Tür zum Büro von Lindinger-Tomasek geöffnet. Zur Überraschung der beiden Polizisten verließ Holger Brock, der Regieassistent, den Raum.

»Herr Brock, mit Ihnen hätten wir hier nicht gerechnet«, sagte Steinmayr. »Werben Sie jetzt auch für die Freie Liste?«

»Nein, sicher nicht«, antwortete Brock. »Ich bin auf der Suche nach Unterlagen von Tomasek, die nicht in seinem Büro zu finden sind. Silbermann hat mich beauftragt, das neue Konzept für die Serie weiterzuentwickeln. Dazu hatte Tomasek schon einen Entwurf aufgeschrieben. Aber Frau Lindinger-Tomasek hat ihn auch zu Hause nicht gefunden.«

»Den haben wir«, sagte Sonne und holte das Papier aus seiner Jackentasche. »Wenn es wichtig für Sie ist, kann Ihnen Frau …«, er deutete auf die Sekretärin, »sicher eine Kopie machen. Das Original aber bleibt bei uns.«

»Holzheu«, nannte die Sekretärin ihren Namen und nahm bereitwillig das Schriftstück an sich, um eine Fotokopie davon zu machen. Brock bedankte und verabschiedete sich, dann betraten die beiden Beamten das Büro.

Vom Fenster aus konnte man direkt auf den Marienplatz blicken, in dessen Mittelpunkt die 1638 errichtete Mariensäule stand, die aber längst im Schatten des Kaufhofs unterging, den nicht nur Münchner Touristen als architektonischen Missgriff empfanden.

»Nehmen Sie Platz, meine Herren«, sagte Frau Lindinger-Tomasek, während sie sich hinter ihren Schreibtisch setzte. »Wenn Sie von mir Trauerarbeit erwarten, muss ich Sie enttäuschen. Die Arbeit steht hier im Moment mehr im Mittelpunkt als die Trauer.«

»Wusste Ihr Mann eigentlich, dass gegen Sie mal wegen Ladendiebstahls ermittelt wurde?«, fiel Sonne mit der Tür ins Haus. Er wollte sich die Höflichkeitsfloskeln und das Vorgeplänkel diesmal sparen. Lindinger-Tomasek stockte.

»Nein, davon hat keiner etwas gewusst. Es war ja auch alles ein Missverständnis damals.«

»Und wie erklären Sie sich dann, dass Ihr Mann das Aktenzeichen des Ermittlungsverfahrens kannte und sich sogar die Durchwahl des zuständigen Staatsanwalts auf einen Zettel notiert hatte?«, bohrte Steinmayr nach.

Sie schwieg und senkte ihren Blick auf eine Unterschriftenmappe, die auf ihrem Schreibtisch lag. »Er hat Sie erpresst! Geben Sie es zu!«, fuhr Sonne sie an. »Was würde denn passieren, wenn diese Sache an die Öffentlichkeit geriete? Egal, ob was dran war oder nicht?«

Lindinger-Tomasek schwieg weiter, und Sonne beantwortete seine Frage selbst: »Ihre politische Laufbahn wäre am Ende gewesen! Oder glauben Sie, jemand würde eine Ladendiebin wählen, die gegen Kriminalität und für Recht und Ordnung kämpft?«

»Dies ist eine alte Geschichte«, sagte sie nun. »Die Ermittlungen wurden nicht ohne Grund wieder eingestellt. Und wenn Sie die Akten gelesen haben, dann wissen Sie auch, dass ich mich damals in Behandlung begeben habe.«

»Kleptomanie?«, fragte Steinmayr.

»Nennen Sie es, wie Sie möchten. Ich bin jedenfalls geheilt, sagt mein Therapeut. Und daher gibt es keinen Grund mehr, über dieses Thema zu reden. Weder juristisch noch medizinisch.« Und nach einem Moment fügte sie hastig hinzu: »Oder wollen Sie mir vielleicht ein Mordmotiv unterstellen?«

»Das ist unser Beruf, Frau Lindinger-Tomasek«, entgegnete Steinmayr. »Wenn Ihr Mann Sie erpresst hat, dann sollten Sie es sagen. Denn wenn wir es später herausfinden, dann haben wir wirklich ein Mordmotiv und werden uns fragen, warum Sie uns jetzt und hier angelogen haben.«

Frau Lindinger-Tomasek atmete tief durch. Dann bekannte sie: »Natürlich wusste er von meiner Therapie. Und als wir mal einen heftigen Streit hatten, da hat er so was gesagt im Sinne von: Wenn er der Presse zuspiele, dass ich Kleptomanin sei … und so weiter. Aber das hat er nicht so gemeint. Er war ein aufbrausender Typ. Er sagte so etwas schnell. Ich habe davor keine Angst gehabt.«

»Aber Sie wären mit dieser Information erpressbar«, sagte Sonne. »Gibt es jemand anderen, der Sie unter Druck setzt?«

»Nein, wie ich schon sagte: Niemand weiß von dieser Geschichte. Ich möchte nicht unhöflich sein, aber ich habe noch viel zu tun …«

»Wir wollten eh gerade gehen«, verkündete Steinmayr.

Als sie das Rathaus verließen, schlug es gerade siebzehn Uhr.

Unterhalb des Rathausturms begann das berühmte Glockenspiel zum dritten Mal an diesem Tag damit, die Geschichte vom Turnier anlässlich der Hochzeit Herzog Wilhelms V. mit Renata von Lothringen im Jahr 1568 und des Schäfflertanzes zu erzählen. Leicht belustigt beobachtete Sonne, wie die in der Vorsaison bereits in der Stadt weilenden Touristen andächtig das Geschehen in dem achtzig Meter hohen Turm verfolgten und im Anschluss an die Darbietung der Glockenspielfiguren sogar Applaus spendeten.

»In solchen Momenten würde ich am liebsten ein T-Shirt anziehen mit der Aufschrift: Ich bin kein Tourist – Ich wohne hier«, witzelte Sonne.

»Schön, dass du dich schon wie ein richtiger Münchner fühlst – aba des sicht ma dir auf hundert Mätta o, dass du a Zuagroasta bist, des konnst ma glaum!«

17.11 Uhr

»Der Isarbulle hat mich zum Krüppel gemacht«, stand in großen Lettern über dem Text. »Von Frank Litzka«, in etwas kleineren Buchstaben darunter.

»Heute ist Barbara M. 36 Jahre alt. Sie sitzt im Rollstuhl, kann nur noch den Kopf bewegen: querschnittsgelähmt. Ein schrecklicher Unfall vor 30 Jahren veränderte ihr Leben, das sie um ein Haar verloren hätte. Das Kind spielte vor dem elterlichen Haus mit dem Ball. Er rollte auf die Straße. Das Mädchen lief hinterher. An das, was dann geschah, kann sich Barbara M. heute nicht mehr erinnern. ›Ich lag zwei Wochen im Koma‹, erzählt sie im Gespräch mit unserer Zeitung. Doch die Polizei hat das Geschehen exakt rekonstruiert.«

»Fällt dir kein besseres Wort ein als rekonstruiert«, sagte Chefredakteur Lohmann zu Litzka. »Wir sind doch nicht die FAZ. Frage dich bei jedem Wort, ob es deine Oma auch versteht.«

»Schreiben wir ›nachgezeichnet‹«, schlug der Reporter vor, der sich nicht auf eine Diskussion über den Intelligenzquotienten und den Wortschatz seiner Großmutter einlassen wollte.

Und Lohmann las weiter. »… doch die Polizei hat das Geschehen exakt nachgezeichnet. Das spielende Kind wurde von einem Opel Rekord erfasst und in den Straßengraben geschleudert. Am Steuer:

Alfons Waldbauer. Heute besser bekannt – ja weltbekannt – als der ›Isarbulle‹. Der damals unbekannte Theaterschauspieler war nach Informationen dieser Zeitung nicht ganz nüchtern, als der folgenschwere Unfall passierte. Darum beging er Fahrerflucht. Das schwer verletzte Kind ließ er leblos am Straßenrand zurück. Aufgrund von Zeugenaussagen wurde der Fahrer bald gefasst und es wurde ihm der Prozess gemacht. Er musste 50.000 Mark Schmerzensgeld bezahlen sowie eine Geldstrafe von 10.500 Mark wegen schwerer Körperverletzung. Der ›Isarbulle‹ ist vorbestraft. Und sein Opfer hat er nie kennengelernt. Barbara M. ist verbittert. ›Er hat sich mit ein paar Geldscheinen freigekauft. Aber mein Leben hat er zerstört. Der Isarbulle hat mich zum Krüppel gemacht.‹«

»Sehr schön«, sagte Lohmann. »So habe ich mir das vorgestellt. Kompliment, wie du diese Frau in so kurzer Zeit aufgetrieben hast, Flitzer.«

Das ging Litzka runter wie Öl. Auch wenn er die Geschichte nicht ganz ohne Skrupel geschrieben hatte.

»Sie sind der Chef, Herr Lohmann«, sagte Litzka. »Aber ganz sauber ist das nicht, so eine alte Geschichte wieder aufzuwärmen. Der Mann ist schließlich rechtskräftig verurteilt und hat für seine Tat gebüßt. Und das ist dreißig Jahre her …«

»Wenn die Fakten an deiner Story stimmen, ist sie okay. Waldbauer ist ein Promi, eine Person der Zeitgeschichte. Da muss er damit leben, dass die öffentliche Moral an ihn andere Maßstäbe anlegt als an einen Durchschnittsbürger. Und erst recht, wenn er in seiner Rolle die personifizierte Gerechtigkeit darstellt«, sprach Lohmann, der gelegentlich die öffentliche Moral mit seinem Blatt gleichsetzte, und fügte hinzu: »Weiter so, Flitzer. Den ›Isarbullen‹ machen wir fertig!«

19.41 Uhr

Steinmayr und Sonne saßen im »Thalkirchner«. Sie mochten dieses Lokal an der Ecke von Urban- und Brudermühlstraße, das schon lange kein Geheimtipp mehr war, beide sehr. Steinmayr wegen des überragenden »Thalkirchner Schnitzels in der Senfkruste« und Sonne wegen der Kellnerinnen, die nicht nur nett, sondern auch außerordentlich nett anzuschauen waren.

»Dienst oder Schnaps?«, fragte Sonne, und Steinmayr blickte auf die Uhr, die der offiziellen Dienstzeit zufolge bereits die dritte Überstunde anzeigte.

»Dienst jedenfalls nicht mehr«, sagte er und bestellte ein Weizenbier sowie das obligatorische »Thalkirchner Schnitzel«. Sonne orderte ein Helles und Kässpätzle. Sein Blick hing noch an der Küchentür, als die blonde Bedienung mit dem engen T-Shirt und dem Bauchnabelpiercing schon längst mit der Bestellung in der Küche verschwunden war.

»Kinderschänder«, sagte Steinmayr, der anscheinend die Gedanken seines Kollegen lesen konnte. »Das Mädchen ist höchstens fünfzehn!«

Sonne überging die Bemerkung. »Lass uns nochmal die Alibis und die Tatmotive durchgehen«, kam er wieder aufs Dienstliche zurück.

Steinmayr zückte sein Notizbuch.

»Fangen wir mal mit Waldbauer an.«

»Er hat ein Alibi, das ihm seine Frau gegeben hat und das damit auf sehr wackligen Füßen steht. Motive wären denkbar. Vielleicht der Streit um das neue Konzept des ›Isarbullen‹.«

»Und vielleicht ist er auch ein bisschen durchgeknallt«, sagte Sonne. »Ich hab jedenfalls schon das Gefühl, dass in seinem Schrank nicht alle Tassen an der richtigen Stelle stehen.«

»Nicht zu vergessen: Ihm gehört die Tatwaffe.«

»Allerdings sehe ich keine Möglichkeit, wie er an die Polizeimunition gekommen sein soll.«

»Brock, der Regieassistent«, las Steinmayr den nächsten Namen in seinen Notizen vor.

»Das chinesische Restaurant, wo er die Ente bestellt hat, konnte seine Angaben bestätigen.«

»Du meinst, sie konnten bestätigen, dass zur Tatzeit jemand in Brocks Wohnung war, die Tür geöffnet und die ›Ente süß-sauer‹ entgegengenommen und bezahlt hat«, präzisierte Steinmayr.

»Auch keine schlechte Idee, sich ein Alibi zu verschaffen. Meinst du, wir brauchen eine Gegenüberstellung zwischen Brock und dem Boten von ›Chinatown‹?«

»Nicht, solange es keinen dringenden Verdacht gegen Brock gibt«, sagte Steinmayr. »Das einzige denkbare Motiv wäre Karrieresucht. Aber er konnte nicht ahnen, dass Silbermann ihm die Regie für die restlichen Dreharbeiten übertragen würde. Und wahrscheinlich hat er Recht, wenn er sagt, dass er beim nächsten Dreh wieder der Assi ist.«

Die Bedienung brachte das Weizen und das Helle. Sonne würdigte sie demonstrativ keines Blickes. Schließlich wollte er sich kein zweites Mal der gedanklichen Verführung Minderjähriger bezichtigen lassen. Aber er war sicher, dass die Kellnerin es drauf anlegte, sich von Blicken ausziehen zu lassen, was sich vermutlich beim Trinkgeld bemerkbar machte. Sonne prostete Steinmayr zu.

»Wen haben wir noch?«

»Tomaseks Frau. Eine seltsame Person, findest du nicht?«

»Wenn es stimmt, dass ihr Mann sie mit ihrer Kleptomanie erpresst hat, dann wäre das wirklich ein mögliches Motiv. Ihre politische Laufbahn wäre damit am Ende.«

»Und dass es mit ihrer Ehe nicht zum Besten stand, ist offenkundig.«

»Ja, aber das reicht noch nicht für einen Mord. Im Normalfall.«

»Ein Mord ist nie ein Normalfall.«

»Klugscheißer!«

Sie lachten.

»Jedenfalls ist ihr Alibi nicht schlecht. Dass sie auf dieser Tagung in Rom war, lässt sich nachweisen«, sagte Steinmayr.

Zu Sonnes großer Enttäuschung brachte der Koch persönlich die Speisen an den Tisch.

Steinmayr machte sich sofort über das Schnitzel her und drückte sein Bedauern darüber aus, dass die Pommes seit dem Dienstantritt des neuen Kochs nicht mehr mit Kartoffelschale serviert wurden. In dem gemütlichen Lokal hatten sich allmählich die Plätze gefüllt. Auch werktags war es hier jeden Abend voll. Und zu vorgerückter Stunde waren die Cocktails des irischen Barmixers sehr begehrt.

»Meinst du, dieser Polizist, dieser Lechner, hat was mit der Sache zu tun?«, fragte Sonne.

»Eigenartig ist es schon, dass er in der Freien Liste engagiert ist und auch mit den Dreharbeiten zu tun hat.«

»Außerdem ist er der einzige Polizist, auf den wir bislang bei den Ermittlungen gestoßen sind«, sagte Sonne und trank sein Bier aus.

»Und was ist mit dem Typen von deiner Ulrike? Der ist doch bei der Bepo, sagtest du.«

»Erstens ist das nicht *meine* Ulrike«, echauffierte sich Sonne und fügte in Gedanken ein »leider« hinzu. »Und zweitens sehe ich zwischen ihm und dem Fall keine Verbindung.«

»Was ist, wenn die Gellner was mit Tomasek hatte? Der Knabe schien ja nicht gerne etwas anbrennen zu lassen. Und wer weiß, wie sie an ihre Rolle gekommen ist … Man hört ja so manches im Showgeschäft.« Steinmayr schmunzelte.

»Ich kann mir nicht vorstellen, dass Ulrike Gellner mit diesem alten Knacker ins Bett gestiegen ist. Sie macht einen durchweg soliden Eindruck auf mich.«

»Aber von ihrem Freund würde sie sich trennen, wenn's um die Karriere geht?«, erinnerte Steinmayr Sonne an die belauschten Informationen aus dem Gespräch mit Natalina Faraldo. Doch Sonne fiel es schwer, sich die bildhübsche junge Frau als Mörderin vorzustellen.

Inzwischen waren beide beim dritten Bier angelangt. Die Kellnerin nahm die leeren Teller wieder mit.

»Noch zwei Ramazzotti«, bestellte Sonne. Er war froh, dass er mit der U-Bahn nach Hause fahren konnte. Steinmayr hingegen hatte es nicht mehr weit. Bis zu seiner Wohnung in der Hans-Preißinger-Straße musste er nur ein paar Schritte am Isarkanal entlang gehen. Es blieb nicht bei einem »Ramazzotti«. Und das Trinkgeld für die bauchnabelfreie Bedienung fiel so üppig aus wie der Inhalt ihres Oberteils.

23.20 Uhr

In dem Moment, als Kriminalhauptkommissar Jürgen Sonne vor dem Eingang des Mehrfamilienhauses in der Kaiserstraße in Schwabing stand und den Klingelknopf mit den Namen »Gellner/Lambeck« drückte, wusste er noch nicht, wie er seinen späten Besuch begründen würde – sofern ihm jemand öffnete.

Nein, ich bin nicht betrunken, dachte er. Nur etwas lockerer als sonst. Und warum sollte ihm nicht noch spontan eine wichtige Frage eingefallen sein! Der »Isarbulle« besucht seine Zeugen schließlich auch mitten in der Nacht, und niemand wundert sich. Den Entschluss, an der Münchner Freiheit auszusteigen und bei Ulrike Gellner vorbeizuschauen, hatte er spontan gefasst. Der Gedanke, dass ihr Freund möglicherweise bei ihr war, kam ihm erst, als er den zweiten Namen auf dem Klingelschild gesehen hatte. Aber da war zugleich die Vorstellung, die junge Schauspielerin würde ihm im Bademantel oder im durchsichtigen Negligee die Tür öffnen.

Er war doch nicht mehr ganz nüchtern, fuhr ihm in den Sinn. Aber da hatte er den Klingelknopf bereits gedrückt.

Als wenige Augenblicke später der Türöffner summte, wurde ihm plötzlich deutlich, in welch missliche Situation er sich gebracht hatte. Der Alkohol hatte mit einem Schlag sämtliche Wirkung verloren. Selten war er so klar im Kopf gewesen. Einen Moment dachte er daran, einfach kehrtzumachen. Doch seine Hand hatte die Tür bereits aufgedrückt. Das Klingelschild war in der dritten Reihe von unten, also dritter Stock. Wenn er die Treppe und nicht den Lift nehmen würde, hätte er noch eine knappe Minute Zeit, sich einen triftigen Grund für sein abendliches Erscheinen auszudenken.

Kein Bademantel. Kein Negligee. Ulrike Gellner trug eine Jeans und eine dunkelblaue Strickjacke, als sie in der Wohnungstür stand und überrascht ihren Gast begrüßte.

»Herr Sonne, mit Ihnen hatte ich nicht mehr gerechnet.«

Ihre Stimme klang nicht verärgert oder abweisend, was ihm Mut machte und ihn spontan zu den Worten veranlasste: »Unverhofft kommt oft.« Im nüchternen Zustand hätte er diese Bemerkung als extrem albern empfunden. Beide lachten.

»Wir haben ein technisches Problem«, sagte er nun mit ernster Miene. Die Worte fielen ihm ein, während er sie aussprach. »Der Computer unserer Sekretärin ist abgestürzt. Ein Virus.«

»I love you?«

»Was?«

»Ich meine diesen Wurm-Virus mit dem Namen ›I love you?‹, von dem in der Zeitung stand.«

»Ja, so etwas in der Art. Ausgerechnet in dem Moment, als die Sekretärin Ihre Aussage abgeschrieben hatte. Die Staatsanwältin braucht aber morgen früh die Protokolle aller Vernehmungen. Daher muss ich Sie leider noch einmal kurz befragen.«

Er konnte nicht beurteilen, ob seine Schwindelei glaubwürdig war. Ulrike Gellner ließ jedoch keinen Zweifel erkennen, als sie sagte: »Kein Problem, kommen Sie rein! Ich hoffe, die Unordnung stört Sie nicht. Möchten Sie einen Kaffee? Es müsste noch ein Schluck in der Kanne sein.«

Sonne war froh, dass sie ihm nichts Alkoholisches anbot.

»Gerade durch, setzen Sie sich, wo Platz ist«, sagte sie und räumte einen Stapel Zeitschriften und ein Drehbuchmanuskript vom Sofa. Sie goss ihm eine Tasse Kaffee ein. »Milch? Zucker?«

Er verneinte.

Ihre Wohnung war modern und hell eingerichtet. Einige Möbel erkannte er aus dem IKEA-Katalog wieder, zum Beispiel die Billy-Bücherregale und die Bonde-Schrankwand.

»Ich bin gerade nochmal meinen Text für morgen durchgegangen. Sie können mich ja abfragen, wenn Sie wollen«, sagte sie und lächelte ihn an. Sonne wusste nicht, ob sie das ernst gemeint hatte, und lächelte einfach nur etwas verlegen zurück.

»Erst muss ich Sie nochmal die Fakten vom Tattag abfragen«, sagte er und stellte die gleichen Fragen wie schon zwei Tage zuvor in der Zeugenvernehmung. Sie gab die gleichen Antworten.

»Und jetzt hören Sie mich noch meinen Text ab?«, fragte Ulrike Gellner, sprang auf und drückte dem überraschten Kommissar das Drehbuch in die Hand. Sie hatte es also doch ernst gemeint. »Seite neunundvierzig. Ich spreche die gelb markierten Passagen, lesen Sie den Volker?«

Sonne zögerte zunächst, dann dachte er: Warum nicht? Er war zwar kein Schauspieler, aber lesen konnte er.

»Dorothea, wo bist du so lange geblieben? Ich habe dich vermisst! Ich habe mir Sorgen gemacht«, las er etwas hölzern und wich unbewusst dabei ihren Blicken aus.

»Mach dir keine Gedanken, Volker. Ich bin kein Kind mehr. Du weißt, dass ich auf mich aufpassen kann. Und bald werde ich fort sein.«

»Wir werden uns lange Zeit nicht sehen. Aber ich werde jeden Tag, den du in Amerika verbringst, an dich denken.«

»Ich auch an dich.«

»Er geht langsam auf sie zu und nimmt sie in den Arm«, las er die Regieanweisung vor.

»Regieanweisungen werden nicht vorgelesen«, sagte sie und ging auf ihn zu. Beide standen sich plötzlich gegenüber, schüchtern wie zwei Teenager. Sein Polizisten-Gewissen redete auf seinen Verstand ein. Wenn er sich jetzt nicht beherrschte, könnte ihm das eine Menge Ärger einbringen.

Anstatt die im Drehbuch vorgeschriebene Umarmung durchzuführen, sagte sie nur: »Ich finde, das *Du* im Drehbuch klingt viel netter als das *Sie*, oder?«

»Stimmt, du hast Recht«, sagte er. Und nach einem kleinen Moment der Schüchternheit, in dem beide nicht so recht wussten, was sie sagen sollten, fügte Sonne hinzu: »Sag Jürgen zu mir.«

Sie reichten sich die Hände. Und berührten sich einen Augenblick länger, als es für einen freundschaftlichen Handschlag notwendig gewesen wäre. Er konnte ihren Blicken nicht mehr ausweichen. Ihr Lächeln wirkte echt, nicht seifenopernkünstlich. Er wollte sie umarmen, aber er rührte sich nicht. Dann legte sie zaghaft ihre Hand auf seinen Unterarm, küsste ihn links und rechts auf die Wange und sagte: »Ich bin die Ulrike.« Nachdem sie vorher auf dem Sessel und er auf dem Sofa gesessen hatte, setzte sie sich nun neben ihn.

»Wollen wir Ihren … sorry, deinen Text weiter üben?«, fragte er.

»Ehrlich gesagt, gefällst du mir besser, wenn du dich selber spielst«, antwortete sie. Er lächelte verlegen. Hatte sie ihm gerade ein Kompliment gemacht?

»Ich muss gestehen, dass ich kein Seifenopernfan bin. Habe dich nie in ›Liebe und Schmerz‹ gesehen«, gab er zu und bildete sich ein, dass sie näher an ihn herangerückt war.

»Macht nichts. Ich würde mir so was privat wohl auch eher nicht anschauen. Mit dem Soap-Geschäft habe ich eh längst abgeschlossen. Magst du noch etwas trinken? Ich hätte einen guten Grappa da.«

Jetzt war's eh zu spät. Er sagte dankend ja.

»Wolltest du schon immer Schauspielerin werden?«, fragte er, um den Gesprächsfaden nicht abreißen zu lassen. Seine Art zu fragen erinnerte ihn an das Interview eines Schülerzeitungsreporters, der zum ersten Mal seinem großen Idol leibhaftig begegnet.

»Ja, schon in der Schule war ich in der Theatergruppe aktiv. Aber ich wollte um jeden Preis zum Fernsehen.«

»Und durch die Playboy-Fotos wurdest du entdeckt?«

»Mehr oder weniger. Ich war plötzlich bekannt, wenn auch der Ruhm eines Playmates gewöhnlich nicht länger als vier Wochen andauert – bis das nächste Heft erscheint. Und den Namen merkt sich auch keiner. Damals allerdings haben die Bilder mich in so manche peinliche Situation gebracht. Ich war achtzehn, kurz vor dem Abi. Einige Lehrer haben das nicht verkraftet, ein Playmate zu unterrichten.«

»Auch für einen Polizisten ist es nicht einfach, ein Playmate zu vernehmen«, sagte er lächelnd.

»Gefallen dir die Bilder?«

»Ich habe sie nie gesehen. Es ist Jahre her, und ich bin kein Abonnent.«

»Warte, ich zeig sie dir!«

Sie stand auf und ging zu dem IKEA-Schrank, aus dem sie das Magazin hervorholte und vor ihn auf den Couchtisch legte. Er klappte das Centerfold in der Mitte des Heftes auf.

»Die Aufnahmen wurden auf Teneriffa gemacht«, erläuterte sie. Aber er interessierte sich weniger für die Landschaft auf den Bildern. Sie zeigten ein braun gebranntes Mädchen mit nassen blonden Haaren, etwas länger, als sie heute waren. Auf einem Foto trug sie nur einen Ohrring und hielt in der Hand lachend eine Wasserpistole. Auf einem anderen Bild war sie nur mit einem Paar Turnschuhen bekleidet, saß auf einem Felsen und blickte verträumt in die Ferne. Darunter stand der Text: »Die 18-jährige Ulrike Gellner kennt aus ihrer Heimat Wuppertal fast nur Wolken und Regen. Unter der glutheißen Sonne von Teneriffa träumt sie von einem Mann, der sie beschützt und ihr Geborgenheit schenkt.«

Er blätterte nochmal um und sah sie auf einem doppelseitigen Foto mit geschlossenen Augen und leicht gespreizten Beinen auf dem Rücken auf einem Handtuch am Strand liegen.

»Sehr verführerisch.«

»Alles echt«, erwiderte sie und lachte. »Damals jedenfalls noch.«

»Ach, du hast Mutter Natur nachgeholfen?«

»Warum nicht? Ist nichts anderes, als wenn man sich schminkt oder die Haare färbt. Nur ein bisschen kostspieliger … Habe so aus 86 Zentimetern 91 gemacht. Ich bin sicher, es würde dir gefallen.«

Bevor Sonne sich kneifen konnte, um sicherzustellen, ob es sich um einen Traum handelte, hatte sie ihre Strickjacke ausgezogen. Drunter trug sie ein tief ausgeschnittenes enges weißes T-Shirt, unter dem sich ihre Formen deutlich abzeichneten.

»Stimmt«, sagte er etwas verlegen. »Das sieht wirklich nicht schlecht aus. Ich finde, du könntest dich ruhig nochmal beim Playboy bewerben.«

»Pssst«, unterbrach sie ihn und legte ihren Zeigefinger auf seine Lippen. »Ich bin froh, dass bei eurer Sekretärin der Computer abgestürzt ist«, flüsterte sie fast unhörbar.

Sonne war sich immer noch nicht sicher, ob er nicht vielleicht doch in der U-Bahn eingeschlafen war und es sich um einen Traum handelte. Wenn, dann war es ein ziemlich schöner Traum.

5. Kapitel

Dienstag, 11. März. 5.37 Uhr

Es musste ein intensiver Traum gewesen sein. Sonne öffnete die Augen, doch der Raum war dunkel. Sein Schädel dröhnte. Er merkte, dass er nackt unter einer Bettdecke lag. Er versuchte sich zu orientieren. Jetzt spürte er: Er war nicht allein im Bett. Auch die Frau, die neben ihm schlief, hatte nichts an. Er fühlte sie mehr, als dass er sie sah. Er erinnerte sich an die vergangene Nacht und kuschelte sich von hinten an Ulrike, die mit dem Rücken zu ihm schlief. Er umarmte sie und tastete nach ihren Brüsten, die er sanft streichelte.

Er spürte die Erregung wieder kommen. Seit der Trennung von Tina hatte er kein geregeltes Sexualleben mehr gehabt. Nackte Frauen sah er fast nur bei Ermittlungen im Rotlichtmilieu oder auf dem Seziertisch in der Gerichtsmedizin. Und jetzt lag er nach einer heißen Liebesnacht mit einem Playboy-Model in einem Bett, nachdem er sich am Vormittag mit seiner verschüchterten Bitte um ein Autogramm noch zum Affen gemacht hatte. Aus dem anfänglichen Knistern und Funkeln war in Windeseile ein loderndes Feuer geworden. Es war kein Traum. Er küsste ihren Nacken, dann ihr Ohrläppchen.

Sie schnurrte leise wie ein Kätzchen, als sie wach wurde. Sie liebten sich ein weiteres Mal. Und noch nie war ihm sein Beruf so egal gewesen wie in diesen Minuten.

»Jetzt kriegst du Ärger, oder?«, meinte sie, als sie beide schweißgebadet und erschöpft in die Kissen sanken.

»Ärger?«

»Naja, du hast dich im Dienst von einer Zeugin verführen lassen. Im Krimi werden die Ermittler danach immer vom Dienst suspendiert.« Sie küsste seine Schulter und legte ihren Kopf auf seine Brust.

»Vielleicht war's ja ein Undercovereinsatz. Und ich hatte den Auftrag, dich auszuhorchen. Mit allen Mitteln.«

»Du Jürgen, mal ernsthaft«, sagte sie und richtete sich auf. »Ich möchte wirklich nicht, dass du Stress bekommst. Wenn du willst, vergessen wir beide diese Nacht. Und kein Mensch erfährt etwas davon.«

»Willst du das denn? Ich möchte diese Nacht eigentlich nicht vergessen.«

»Du bist so süß«, seufzte sie, ließ sich auf ihn fallen und küsste ihn leidenschaftlich auf den Mund. Dann fügte sie hinzu: »Ich liebe dich!«

Ein kalter Schauer lief ihm über den Rücken. Diese großen Worte kannte er seit Jahren nur aus dem Kino. Und dort klangen sie so abgenutzt, dass er sie auch in seiner Beziehung zu Tina immer nur ungern über seine Lippen gebracht hatte. Offenbar hatte eine Soap-Schauspielerin da weniger Hemmungen.

»Ulrike, das hier ist kein Liebesfilm«, flüsterte er. »Ich hab dich auch sehr gern. Aber du hast schon Recht, dass die Situation für mich nicht ganz einfach ist. Vielleicht sollten wir uns erst wiedersehen, privat meine ich, wenn der Fall abgeschlossen ist.«

»Entschuldige, ich wollte dich wirklich nicht in Schwierigkeiten bringen.«

»Wenn ich wirklich Schwierigkeiten bekommen sollte, dann habe ich mich da selbst reingebracht. Ich bin schließlich zu dir gekommen …«

»Aber du hattest doch einen Grund. Die Fragen, das Verhör …«

Er wusste nicht, ob sie ihm seinen Vorwand wirklich abgenommen hatte oder nur kokettierte. Er wollte es auch nicht wirklich wissen. Darum überging er ihre Worte einfach.

»Machst du das öfters?«, fragte er sie.

»Was?«

»Männern den Kopf verdrehen.«

»Du weißt doch, das ist mein Beruf.«

»Aber nur im Film.«

»Jürgen, es ist eigentlich ganz einfach. Ich glaube, ich habe mich ein bisschen in dich verknallt. Naja …« Sie zögerte kurz. »Und ich hatte das Gefühl, dass du mich auch ganz nett findest.«

Er war froh, dass es dunkel war und sie daher nicht sehen konnte, wie er errötete.

»Ulrike, darf ich dich was fragen?«

»Klar.«

»Hast du auch was mit diesem Tomasek gehabt?«

»Was?«, schrie sie, und ihre Stimme überschlug sich fast. »Mit diesem widerlichen Arschloch? Diesem ekeligen Machoschwein?« Erst jetzt wurde ihr offenbar klar, dass sie über einen Toten sprach. Sonne spürte ihre Tränen auf seinen Oberkörper tropfen und legte seine Arme um sie.

»Was hast du denn? Was ist los?«

»Entschuldige«, sagte sie leise.

»Ich muss mich entschuldigen. Ich wollte dich nicht kränken. Ich dachte nur … weil dieser Tomasek … nun ja … es ist ganz offenkundig, dass er es mit der ehelichen Treue nicht ganz so eng sieht.«

»Ich weiß, ich weiß. Aber du kannst mir glauben, dass ich nicht mit jedem ins Bett steige. Im Gegenteil: Im Grunde habe ich ein ziemlich verkorkstes Sexleben.«

»Verkorkst?«

»Schon gut, vergiss es.«

»Was soll ich vergessen?«

Sie schwieg einen Moment. Dann sagte sie: »Ich möchte nicht drüber reden. Nicht jetzt.«

Er nahm sie noch fester in den Arm. Er hatte den Eindruck, dass sie sich bei ihm geborgen fühlte.

»Warum willst du nicht darüber reden? Weil ich ein Bulle bin?«

»Es hat nichts mit dir zu tun.«

»Versuch doch, in mir nicht den Kommissar zu sehen, sondern einen Freund. Wir sind doch heute Freunde geworden, oder?«

Sie wischte sich die Tränen aus den Augen.

»Es ist … ich war …« Sie suchte nach Worten. »Ich bin nie die Sexbombe gewesen, die ich immer dargestellt habe. Das Flittchen, das Luder … alles Unsinn. Ich bin vor den Jungs davongelaufen. Mein erster Freund, sofern davon überhaupt die Rede sein konnte, durfte mich nicht einmal küssen. Ich fürchtete mich vor Männern, die mir körperlich nahe kommen wollten. Und meinen eigenen Körper habe ich gehasst.«

»Aber die Nacktfotos …«

»… waren eine Art Therapie.«

»Wie bitte?«

»Als ich siebzehn war, haben meine Betreuer auf dem Internat mich zu so einem Psychodoktor geschickt. Er hat mir gesagt, ich müsse mich selbst und meinen Körper lieben lernen. Die Therapie hat fast ein ganzes Jahr gedauert. Hat aber funktioniert. Das Ergebnis war, dass ich mich beim Playboy beworben habe. Und genommen wurde.«

Er küsste sie. »War das deine Idee mit den Fotos?«

»Der Therapeut hat mich dazu ermutigt. Und ich habe wirklich angefangen, mich selbst attraktiv zu finden. Ich betrachtete meinen Körper als Kapital. Als Mittel zum Zweck, eine berühmte Schauspielerin zu werden. Daher die Brustvergrößerung.«

»Ich bin sicher, sie hätte mir auch vor der Operation gefallen«, sagte Sonne und streichelte sie. »Hat denn der Seelendoktor herausgefunden, was der Grund für deine ... ähem ... sexuelle Störung war?«

»Das musste er nicht herausfinden. Das war mir selbst schon immer klar.« Und nach einer Pause, in der sie sich zu fragen schien, ob sie wirklich weiterreden sollte, fügte sie hinzu: »Ich war acht Jahre alt. Meine Eltern haben sich früh scheiden lassen und sind beide ins Ausland gegangen. Ich wuchs bei meinem Onkel auf. Und er hat mich ...« Ihre Stimme brach.

Sonne wusste, was jetzt kommen würde. Er hatte solche Schicksale schon hundertfach in den Polizeiakten studiert. Dann sprach er das Wort aus, das in der Luft hing: »Er hat dich missbraucht.«

»Ja«, hauchte sie. »Vier Jahre lang, bis ich ins Internat kam.« Sie weinte wieder. Und wieder nahm er sie in den Arm.

»Und du hast nie darüber gesprochen?«

»Nein, nie. Ich habe mich so geschämt, habe mich selbst schuldig gefühlt. Erst als er gestorben ist, da war ich sechzehn, konnte ich damit beginnen, es zu verarbeiten. Richtig gelungen ist mir das bis heute nicht.«

»Kann ich dir vielleicht helfen? Wir haben Fachleute, Psychologen, mit denen kannst du reden.«

»Danke, Jürgen. Sei mir nicht böse. Ich komme am besten allein damit klar. Ich habe darüber noch nie mit einem Menschen gesprochen. Ist das nicht verrückt? Da kommst du als Bulle hierher, und ich schütte dir mein Herz aus!« Wieder traten ihr Tränen in die Augen.

»Ja, das ist wirklich verrückt«, sagte er und legte seinen Arm um ihre nackte Schulter. »Und du hattest nie jemanden, mit dem du darüber reden konntest?«

»Doch, Alfred.« Sie lachte verlegen.

»Alfred?«, fragte er.

»Ja, Alfred, die Ente.«

Er schaute sie mit großen Augen an und war sich nicht sicher, ob sie ihn auf den Arm nehmen wollte. Sie lächelte wieder verlegen, und in diesen Blick konnte er sich auf der Stelle verlieben.

»Von Alfred habe ich auch noch keinem erzählt. Er ist eine Ente auf dem Kleinhesseloher See im Englischen Garten. Vielleicht ist es jedes Mal eine andere Ente. Aber er hat mir zugehört, wenn ich mal wieder allein am See auf der Parkbank saß. Ich habe dort oft gesessen und mit Alfred geredet.«

»Aber wieso hast du die Ente Alfred genannt? Das ist doch kein Entenname.«

»Doch, kennst du nicht diese Zeichentrickserie? Alfred Jodokus Kwak. So bin ich auf den Namen gekommen.« Sie schien sich ein bisschen für ihre Kindereien zu schämen.

»Und Alfred hast du deine Sorgen erzählt?«

»Immer wenn es mir schlecht geht, wenn die Bilder wieder kommen, dann bin ich am Kleinhesseloher See. Das ist besser als jede Therapie beim Psychodoktor, glaub mir.«

Er wusste nicht, was er sagen sollte. Sie nahm ihm die Entscheidung ab, legte ihre Arme um seinen Oberkörper und küsste ihn wortlos auf den Mund. Aus Sekunden wurden Minuten.

Dann ließ sie plötzlich von ihm und sagte: »Ich möchte jetzt lieber allein sein.«

Er nickte wortlos.

»Sehen wir uns wieder, Polizist?« fragte sie. »Es war schön mit dir!«

»Wir sehen uns wieder. Sicher.«

8.03 Uhr

Alfons Waldbauer holte die Zeitungen aus dem Briefkasten. Eigentlich las er nur die Süddeutsche, die beiden Boulevardzeitungen hatte er jedoch ebenfalls schon seit Jahren abonniert, um sich über das auf dem Laufenden zu halten, was in der Münchner Show- und Fernsehszene alles so passierte. Und nicht selten war er ja auch selber Thema in den Klatschspalten. Er war einiges gewohnt. Doch was die ATZ heute schrieb, versetzte ihm einen Tiefschlag. Ihm wurde schwarz vor Augen, als die großen schwarzen Buchstaben förmlich aus dem Briefkasten in sein Gesicht sprangen: »Der Isarbulle hat mich zum Krüppel gemacht.«

Mit wenigen Blicken überflog er das »Geständnis eines Unfallopfers«, wie es in der Unterzeile hieß, dann hielt er sich am Griff der Haustür seines Hauses in der Königswieser Straße in Gauting fest.

»Ist was?«, fragte seine Frau aus der Küche, wo sie wie an jedem Morgen das Frühstück bereitet hatte. Er packte die drei Zeitungen, ging in die Wohnküche und setzte sich an seinen Platz auf der Eckbank.

»Lies das«, sagte er und warf ihr die ATZ hin. »Die wollen mich kaputt machen.«

»Das wusste ich gar nicht«, sagte sie, als sie den Text zu Ende gelesen hatte. »Stimmt das? Du hast ein kleines Mädchen beinahe totgefahren?«

»Willst du mir jetzt auch noch Vorwürfe machen? Es ist lange her. Und ich habe dafür bezahlt.«

»1973 waren wir schon verheiratet. Warum hast du mir nie davon erzählt?«

»Du warst auf Theatertournee im Ausland, als es passiert ist. Das Verfahren ging ziemlich schnell. Natürlich habe ich mich geschämt. Ich wollte nicht, dass du davon erfährst.« Er wich ihrem Blick aus und schaute in seine Kaffeetasse.

Sie wurde wütend. »Gibt es vielleicht noch irgendwelche Geschichten aus deinem Leben, von denen du wolltest, dass ich sie nie erfahre? Aber mach dir keine Gedanken. Vielleicht stehen sie ja schon bald in der Zeitung. Telefon! Willst du nicht rangehen?«

Er wollte nicht, wartete die Ansage des Anrufbeantworters ab und hörte dann, dass es wieder Silbermann war.

»Alfons, geh bitte ran. Wir müssen dringend reden. Hast du die Zeitung schon …«

Waldbauer nahm den Hörer ab. »Franz, grüß dich. Ich bin kurz davor, die Brocken hinzuschmeißen.«

»Red keinen Unsinn!«, erwiderte der Produzent. »Wir kriegen das schon wieder hin.«

»Wenn die so weitermachen, bin ich sehr schnell am Ende. Noch zwei, drei solcher Artikel, und ihr könnt die Serie einstellen.«

»Jetzt übertreib mal nicht, Alfons«, sagte Silbermann am anderen Ende der Leitung. »Du weißt doch, dass diese Schreiberlinge immer einen auf dem Kieker haben. Das ist alles genauso schnell wieder vergessen, wie es geschrieben ist. Trotzdem ...«

»Was geschrieben ist, ist geschrieben«, warf Waldbauer ein. »Ich kann das nicht vergessen.«

»Trotzdem sollten wir jetzt in die Offensive gehen. Du solltest diesem Litzka ein Interview geben.«

»Ich soll mit diesem Schmierfink auch noch sprechen? Niemals!«

»Doch, und zwar exklusiv und noch heute.«

»Niemals«, wiederholte Waldbauer.

»Ich habe gerade mit dem Chefredakteur telefoniert. Du hast einen Interviewtermin heute Nachmittag um vierzehn Uhr.«

»Franz, das kannst du nicht von mir verlangen.«

»Doch, Alfons, das kann ich. Ich bin dein Chef und Produzent. Du sollst das nicht für mich tun, sondern für dich. Du wirst in dem Interview sagen, dass dir die Sache von damals unendlich leid tut. Du hast jahrelang versucht, mit der Frau Kontakt aufzunehmen und bist der Zeitung dankbar, dass sie das Opfer ausfindig gemacht hat. Du kündigst an, dass du ihr fünfzigtausend Euro zahlst sowie eine monatliche Rente von fünfhundert Euro, ihr Leben lang.«

»Fünfzigtausend? Und fünfhundert monatlich? Das kann ich nicht be...«

»Das übernehmen wir. Mach dir über das Geld keine Gedanken. Wichtig ist, dass wir die Geschichte für dich zu einem Imagegewinn umpolen können.«

Waldbauer überlegte kurz. Es war ihm widerwärtig, diesem Journalisten ein Interview zu geben. Aber ihm blieb wohl keine andere Wahl. Silbermann teilte ihm noch den genauen Treffpunkt für das Interview mit, dann beendeten sie das Telefonat. Waldbauers Frau hatte inzwischen die Küche verlassen, sie saß im Wohnzimmer und weinte leise.

Er ging zu ihr und versuchte, einfühlsam zu sein: »Es wird alles wieder gut. Schon morgen wird dieses Käseblatt ein Interview mit mir veröffentlichen, das die Sache in einem ganz anderen Licht erscheinen lässt.«

Sie antwortete nicht, ignorierte ihn. Er wusste, es war besser, sie jetzt in Ruhe zu lassen. Wieder läutete das Telefon. Im Glauben, es sei wieder Silbermann, der etwas vergessen hatte, nahm er das Gespräch an. Es war Christina Lindinger-Tomasek.

Sie kam gleich zur Sache: »Herr Waldbauer, wir wissen, dass Sie ein integrer Mann sind, und wir zweifeln nicht im Geringsten daran, dass dieser Artikel heute jeder Grundlage entbehrt und dass sich alles aufklären wird – zu Ihren Gunsten selbstverständlich. Aber Sie haben sicher auch Verständnis dafür, dass wir bis dahin unsere Werbekampagne mit Ihnen auf Eis legen müssen.«

Einen Moment herrschte Stille in der Leitung.

»Auf Eis legen?«, wiederholte er ihre letzten Worte. »Ja, natürlich, ich verstehe.«

Verstanden hatte er jedoch lediglich ihre Worte, nicht ihre Tragweite.

»Wir werden die TV-Spots ab sofort nicht mehr ausstrahlen lassen. Die aufgehängten Plakate werden wir nicht sofort überkleben, aber wir hängen keine neuen mehr auf. Wie gesagt, Herr Waldbauer, es geht nicht gegen Sie persönlich. Aber so kurz vor der Wahl kann es sich die Freie Liste nicht erlauben, dass ihr Werbeträger auch nur in die Nähe von strafbaren Handlungen gerückt wird.«

»Ich habe mich Ihnen nicht aufgedrängt für diese Kampagne«, sagte er leise. »Und daher werde ich Ihre jetzige Entscheidung hinnehmen. Ich finde es nur …« Er zögerte kurz und suchte nach dem passenden Wort, »… schade, dass Sie sich von einem Zeitungsartikel zu einer derartigen Panikreaktion verleiten lassen. Von Ihnen hätte ich ein bisschen mehr Rückgrat erwartet. Ich hoffe, Sie lesen die Zeitung auch morgen noch. Auf Wiederhören.«

Er legte den Hörer auf.

14.06 Uhr

»Sie haben nichts dagegen, dass ich ein Tonband mitlaufen lasse?«

Waldbauer schüttelte stumm den Kopf. Sie saßen im Besprechungsraum des Pressehauses in der Nähe des Hauptbahnhofs. Hier hatte neben einem Lokalradio und einem Anzeigenblatt auch die ATZ ihre Redaktionsräume. Waldbauer hatte sich auf dem Weg in die Redaktion ausgiebig auf das Gespräch vorbereitet und sich in Gedanken seine Aussagen zurecht gelegt.

»Sie gestatten, dass wir ein paar Bilder machen?«, fragte der Foto-Redakteur. »Ich mache das während des Gesprächs. Lassen Sie sich nicht stören.«

Auch Chefredakteur Lohmann saß mit am Tisch, hielt sich aber aus dem Interview heraus. Bevor Litzka das Gespräch begann, flüsterte Lohmann ihm noch zu: »Vergiss nicht, was ich dir gesagt habe!«

Litzka nickte und fragte dann: »Herr Waldbauer, beim ›Isarbullen‹ ist ein Mord geschehen. Und Sie sind von einer tragischen Geschichte aus Ihrer Vergangenheit eingeholt worden. Stehen die Sterne schlecht für Sie im Moment?«

»Mit dem Mord habe ich nichts zu tun. Es ist natürlich tragisch, dass dieses schreckliche Verbrechen auf unserem Produktionsgelände geschehen ist. Aber ein Zusammenhang zu unseren Dreharbeiten ist bislang nicht festgestellt worden.« Er atmete tief durch. »Was die zweite Sache angeht, so muss ich Ihnen sagen: Ich bin Ihrem Blatt und Ihnen ganz persönlich, Herr Litzka, zu großem Dank verpflichtet.«

Litzka schaute überrascht auf. Er hatte wohl mit vielem gerechnet, aber nicht mit Dankesworten.

»Jahrelang hat mich diese Geschichte geplagt«, fuhr Waldbauer fort. »Nach dem schrecklichen Unfall und dem Gerichtsverfahren, in dem ich völlig zu Recht schuldig gesprochen wurde, habe ich dieses arme Mädchen aus den Augen verloren. Aber die Gedanken an sie sind immer geblieben.«

»Was war der Grund für diese Erinnerung?«

»Ich musste eine Menge Schmerzensgeld bezahlen. Fünfzigtausend Mark waren für mich damals sehr, sehr viel Geld. Aber einige Jahre später bin ich ein bekannter Schauspieler geworden und habe gut verdient. Ich hätte dem Mädchen gerne geholfen und es an meinem Erfolg teilhaben lassen. Aber ich habe sie nicht gefunden.«

Waldbauer fühlte sich widerlich bei dieser Lügengeschichte. Er war damals froh gewesen, dass der Vorfall in Vergessenheit geraten war. Er hätte sonst womöglich nie die Rolle des Inspektor Grieshaber übernehmen können. Aber er wusste, wie das Mediengeschäft funktioniert. Nur mit dieser geheuchelten Aussage konnte er seine Haut retten.

»Jetzt ist die Frau sechsunddreißig Jahre alt. Sie ist gelähmt und führt ein bescheidenes Leben. Wollen Sie ihr heute helfen?«, fragte Litzka.

»Ja, natürlich. Was geschehen ist, kann ich nicht mehr gutmachen. Das Leid, das ihr durch eine unachtsame Sekunde geschehen ist, kann mit keinem Geld der Welt ungeschehen gemacht werden. Aber es ist das Einzige, was ich für diese Frau heute tun kann.«

Der Fotograf drückte mehrfach auf den Auslöser, das Blitzlicht erleuchtete Waldbauers Miene.

»Ich möchte ihr als Symbol für meine Anteilnahme fünfzigtausend Euro geben. Und um ihr Leben ein kleines Stück erträglicher zu machen, bekommt sie ab sofort jeden Monat fünfhundert Euro dazu.«

Litzka war anzusehen, dass er nicht so recht wusste, wie er reagieren sollte. Er entschied sich dann für eine ehrliche Reaktion: »Herr Waldbauer, ich finde, das ist eine große menschliche Geste von Ihnen! Ich denke …«

Chefredakteur Lohmann fiel ihm ins Wort: »Herr Waldbauer, Ihre Hilfe kommt sehr spät. Dreißig Jahre zu spät. Sie haben einer jungen Frau das Leben zerstört. Können Sie sich noch im Spiegel anschauen? Und können Sie überhaupt noch als Kämpfer für die Gerechtigkeit vor der Kamera stehen?« Mit einem Seitenblick auf Litzka fügte er hinzu: »Das sind die Fragen, die sich unsere Leser stellen.«

Waldbauer zuckte unter den lauten und scharfen Worten zusammen. Silbermann hatte ihn in dieses Interview geschickt, um in die Offensive zu gehen. Jetzt musste er sich verteidigen.

»Ich habe bereits gesagt, dass ich diese Sache unendlich bedauere. Ich entschuldige mich hiermit öffentlich. Und ich bin bereit, dies auch im Gespräch mit der Dame persönlich zu tun.«

Litzka war die Situation sichtlich unangenehm, und Lohmann nahm das Gespräch in die Hand.

»Okay, Herr Waldbauer. Soviel zu diesem Thema. Wir möchten gerne noch auf etwas anderes zu sprechen kommen. Ein Leser hat uns dieses Videoband zukommen lassen.«

Lohmann schob die Kassette über den Tisch, als handelte es sich um die Aufzeichnung einer Überwachungskamera während eines Banküberfalls. Waldbauer schaute sich das Cover in einem schrillen orange-gelben Design der sechziger Jahre an. »Süße Flittchen und flotte Sahneschnittchen« lautete der Titel. Und das Bild zeigte zwei junge Damen mit Pippi-Langstrumpf-Frisuren und ansonsten nackt, wie Gott sie schuf. Waldbauer errötete, dann lachte er.

»Wo haben Sie das denn aufgetrieben?«

»Es war bisher nicht bekannt, dass Sie vor Ihrer Krimi-Karriere in Softpornos mitgespielt haben«, sagte Lohmann.

»Ich bitte Sie«, erwiderte Waldbauer. »Das war in den sechziger Jahren, ich war Theaterschüler und musste mir das Geld für meine Ausbildung sauer verdienen. Da hat man jede Rolle angenommen.«

»Für Geld hätten Sie jede Rolle angenommen?«

»Außerdem ist meine Rolle in diesem Streifen völlig harmlos. Da gibt es von Rudi Carrell peinlichere Filme, das wissen Sie.«

»Es geht hier aber nicht um Rudi Carrell, sondern um den ›Isarbullen‹, der seit vielen Jahren als Synonym für Moral und Sitte steht!«

Waldbauer war auf diese Konfrontation nicht vorbereitet.

»Sie wollen mir heute wirklich diese Jugendsünden vorhalten? Das ist doch lächerlich.«

»Wir werden sehen, ob unsere Leser und Ihre Zuschauer dies auch lächerlich finden«, sagte Lohmann in einem süffisanten Ton, der Waldbauer eine Gänsehaut auf den Rücken trieb.

17.30 Uhr

Steinmayr und Sonne saßen an ihren Schreibtischen im Morddezernat, als Caliskan mit der Abendausgabe der ATZ ins Büro stürmte.

»Warum der ›Isarbulle‹ im Porno mitspielte: Ich brauchte das Geld«, lautete die Schlagzeile. Daneben war das Cover des Schmuddelfilms »Süße Flittchen und flotte Sahneschnittchen« abgebildet.

»In Waldbauers Haut möchte ich jetzt nicht stecken«, sagte Steinmayr und las den Artikel.

»Dieser Litzka ist doch ein Schuft«, empörte sich Sonne.

»Er hat den Text nicht allein geschrieben. ›Von Frank Litzka und Wolfgang Lohmann‹ steht drüber. Das ist der Chefredakteur.«

»Die scheinen die Demontage Waldbauers zur Chefsache gemacht zu haben«, meinte Caliskan.

Steinmayr hatte den Artikel fast zu Ende gelesen.

»Ach, das ist ja interessant«, sagte er. »Waldbauer entschuldigt sich öffentlich bei dem Unfallopfer. Und er zahlt ihr Schmerzensgeld. Fünfzigtausend! Außerdem eine monatliche Rente lebenslang.«

»Zeig mal«, forderte Sonne und nahm das Blatt. Die Information mit dem Schmerzensgeld war im letzten Absatz des Artikels versteckt. »Schon eine ziemliche Schweinerei, was die mit dem Waldbauer treiben. Das artet ja in eine Hetzjagd aus.«

»Ich mach Feierabend, Leute«, sagte Caliskan. Seitdem er wieder frisch verliebt war, tendierte seine Überstundenzahl plötzlich gegen Null.

»Servus, Hakan«, rief Steinmayr ihm hinterher, als er die Bürotür schon hinter sich geschlossen hatte. Und zu Sonne sagte er: »Siehst du, es geht auch ohne Überstunden. Es braucht nur eine Frau im Leben und schon klappt's. Aber es ist ein Teufelskreis. Bei den vielen Überstunden, die wir machen, kann man keine Frau kennenlernen. Mangels Freizeit.«

»Jaja«, murmelte Sonne und spielte mit dem Radiergummi auf seinem Schreibtisch. »Du, Horst, ich muss dir was beichten.«

Es war die erste Gelegenheit an diesem Tag, wo sie unter vier Augen sprechen konnten.

»Was ist denn? Hast du im Lotto gewonnen und willst kündigen? Oder bist du frisch verliebt und willst Sonderurlaub für eine Hochzeitsreise beantragen?«, scherzte Steinmayr.

Sonne blieb ernst. »Gestern Abend nach dem ›Thalkirchner‹ bin ich nicht sofort nach Hause. Ich weiß nicht, welcher Teufel mich geritten hat. Aber ich bin noch zu Ulrike Gellner gegangen.«

»Du bist was?«, fragte Steinmayr und bekam vor Überraschung den Mund nicht mehr zu. »Du bist ja so dappig, dass d's Kerzenliacht mitm Hamma ausschlogst.« Steinmayr konnte nicht auf Hochdeutsch fluchen und wurde richtig zornig. »So bsuffa bist doch gar net gwesen. Mensch, Jürgen. Hat dir das Madl so den Kopf verdreht? Wuist wegen Befangenheit von dem Fall abgezogen werden? An Kommissar, der sich auf oamoi in ane Zeugin verliebt …« Steinmayr schüttelte fassungslos den Kopf.

»Krieg dich wieder ein, Horst. Es ist ja kein Weltuntergang. Es hat halt gefunkt zwischen uns, das kann ich nicht leugnen.«

Steinmayr hatte sich wieder etwas beruhigt. »Ich freue mich ja, dass du nach so langer Zeit in München endlich mal eine Frau findest, die dir gefällt. Aber es muss doch nicht gleich eine Zeugin in einem Mordfall sein!«

»Wirst du es melden und mich vom Fall abziehen lassen?«

»Ich würde mal sagen: Das hier ist jetzt ein Gespräch unter Männern, nicht unter Kollegen. Okay? Wenn deine Schnecke niemandem etwas erzählt, bleibt's unter uns. Wenn doch, hast du aber Pech. Dann muss es natürlich Konsequenzen geben. Sei froh, dass sie in unserem Fall nur eine Randfigur ist. Vernehmungen mit ihr wirst du aber keine mehr führen. Und wenn's geht, lass die Finger von ihr, bis der Fall abgeschlossen ist. Versprochen?«

»Einverstanden.«

»Aber hat sie dir wenigstens etwas erzählt, was uns weiterbringen könnte? Frauen sollen ja im Bett sehr redselig werden können.«

Sonne wollte die Sache mit der Vergewaltigung nicht weitererzählen. Er sah keinen Zusammenhang mit dem Fall.

»Nein, nichts, was für uns interessant wäre. Aber wenn ich noch etwas rauskriegen soll, bin ich jederzeit zu einem Undercovereinsatz bereit.« Sonne grinste, und Steinmayr wehrte ab.

»Besser nicht. Wollen wir unser Gespräch unter Männern noch bei einem Bier im Augustinerkeller fortsetzen?«

»Männergespräch gerne«, sagte Sonne, »aber heute bitte ohne Alkohol«.

20.40 Uhr

Der ATZ-Verkäufer hielt die Abendausgabe hoch, als er das Hofbräuhaus betrat. In großen Buchstaben war die Schlagzeile »Warum der ›Isarbulle‹ im Porno mitspielte ...« zu lesen. Waldbauer überlegte einen Moment, ob er sich die Ausgabe kaufen sollte. Aber dann wurde ihm klar, dass der Zeitungsverkäufer ihn natürlich erkennen würde. Diese peinliche Sekunde wollte er beiden ersparen. Außerdem wusste er eh genau, was in dem Artikel stand. Mit einer solchen Schlagzeile hatte er nach dem Verlauf des Interviews rechnen müssen.

»Ein Helles«, rief Waldbauer der Bedienung zu. Es war nicht das erste an diesem Abend. Er saß an einem seitlichen Tisch des Hofbräuhauses, der weltberühmten Gaststätte Am Platzl im Herzen Münchens. Waldbauer konnte sich nicht mehr genau daran erinnern, an welchem Tisch er damals vor rund fünfzig Jahren als angehender Jurastudent gesessen hatte, als sich in dem überfüllten Lokal ein älterer Herr zu ihm setzte. Inzwischen war das Hofbräuhaus auch mehrfach umgebaut und renoviert worden. Er hatte Ugoswki damals nicht erkannt. Tibor Ugowski war einer der ganz großen Theaterregisseure gewesen. Vor jeder Premiere in einer neuen Stadt ging er in das berühmteste Wirtshaus am Ort und trank ein Bier. Ugowski hatte dem jungen Alfons vom Theater erzählt und ihm sogar eine Freikarte für die Faust-Inszenierung am Würzburger Mainfranken Theater geschenkt. Dies war ein einschneidendes Erlebnis für ihn gewesen. Waldbauer erinnerte sich genau. Er saß in einer der ersten Reihen. Das Theaterfieber hatte ihn damals gepackt. Und die Begegnungen mit Ugowski – es war nicht bei einer geblieben – ließen in ihm allmählich den Wunsch heranreifen, auch auf der Bühne zu stehen. Ugowski hatte einen Narren an dem jungen Studenten gefressen. Er ermöglichte ihm sogar den Besuch der renommierten Otto-Falckenberg-Schauspielschule und half ihm mit kleinen Komparsenrollen und später größeren Engagements bei der Finanzierung der Schule. Nach dem Grundstudium hängte Waldbauer die Juristerei an den Nagel, um sich ganz der Schauspielerei zu widmen. Hier an einem dieser Tische im Hofbräuhaus hatte sein Leben eine Wendung genommen und ihn zum Theater und später zum Fernsehen gebracht. Hätte er den großen Ugowski nicht kennengelernt, wäre er vielleicht Richter am Oberlandesgericht oder Oberstaatsanwalt geworden. Er hätte für Recht und Ordnung gekämpft und Verbrecher hinter Gitter gebracht. Heute wäre er ein ehrenwerter Mann mit Beamtenpension. Doch jetzt war er die Lachnummer der Nation. Ein in einen Mordfall verwickelter alternder Schauspieler mit Softporno-Vergangenheit.

»Ein Prosit der Gemütlichkeit« spielte die Blaskapelle in Oktoberfestmanier. Wie damals. Doch nun hatte er niemanden zum Anstoßen. Er trank den letzten Schluck aus seinem Bierglas und bestellte gleich ein neues.

Ich muss heute nicht mehr fahren, dachte er. Er dachte dies auch nach dem nächsten und übernächsten Bier. Die Zeit verlor er vollkommen aus den Augen. Er spürte, dass er zum ersten Mal in seinem Leben richtig betrunken war. Das Blitzlicht nahm Waldbauer kaum wahr.

6. Kapitel

Mittwoch, 12. März. 8.26 Uhr

Das Büro von Oberinspektor Grieshaber hatte sich in den letzten Jahren nicht verändert. Das Mobiliar und die beigefarbenen Wände erinnerten an die siebziger Jahre. Der Schrank mit den unzähligen Akten bewies, wie viele Fälle in diesem berühmtesten Polizeibüro der Republik schon gelöst worden waren. Der Holzschreibtisch war säuberlich aufgeräumt. Das Telefon hatte noch eine Wählscheibe, ein Computer war nicht zu sehen. Dafür eine Kaffeemaschine und ein etwas altertümlich anmutendes Tonbandgerät für Zeugenvernehmungen. Neben der Eingangstür befand sich ein Waschbecken mit einem Handtuch und einem Stück Seife. Hier konnte sich der Oberinspektor rasieren, wenn er mal wieder die Nacht über durchermitteln musste. An der Wand hingen zwei Straßenkarten, eine von der Stadt München und die andere vom Landkreis, und neben dem Spiegel der für Polizeibüros unvermeidliche grüne Kalender der Gewerkschaft der Polizei.

Die Kulisse von Grieshabers Büro war exakt einer echten Polizeistube im Präsidium in der Ettstraße nachgebaut worden, wo jedoch die echte Mordkommission schon lange nicht mehr residierte. Und nach jedem Dreh wurden die Stellwände und die Requisiten in einen Container verpackt und auf dem Bavaria-Gelände so lange gelagert, bis wieder eine Innenaufnahme in Grieshabers Büro auf dem Drehplan stand.

»Noch fünf Minuten«, sagte Brock, während er auf seine Armbanduhr schaute. Seit fast einer halben Stunde wartete das Team darauf, die Szene zweihundertneunundsiebzig Schrägstrich vierundvierzig zu Ende zu drehen. Richard Graf von Kujawski sollte von Grieshaber verhört werden. Es handelte sich um die Fortsetzung der dramatischen Schlussszene dieser Folge, in der der Inspektor mit seinen berüchtigten psychologischen Fragen den Verdächtigen zu einem Geständnis brachte. Burgschauspieler Sigmund Öhrlingshausen wurde ebenso ungeduldig wie der Rest der Filmcrew. Brock wollte lieber nicht ausrechnen, was jede Minute Verzögerung kostete. Die Gagen für prominente Gastschauspieler im »Isarbullen« waren beträchtlich. Doch die Zuschauer hatten sich daran gewöhnt, dass immer wieder kleine Rollen mit großen Namen besetzt wurden. Silbermann hatte schon mal Armin Mueller-Stahl für eine Drei-Minuten-Rolle gewonnen und die Hauptrolle der Episode mit einem völlig unbekannten Gesicht besetzt.

»Mir reicht's jetzt«, rief Brock und forderte Eva, die Regieassistentin, auf, bei Waldbauer daheim anzurufen. Er war sonst immer die Pünktlichkeit und Zuverlässigkeit in Person. »Wir ziehen die nächsten zwei Szenen im Drehplan vor. Ist der Komparse bereit?«

»Bin auf Position«, rief Alois Lechner wie ein alter Hase im TV-Geschäft.

Öhrlingshausen ging vor die Kulissentür, durch die er von dem uniformierten Beamten in Grieshabers Büro hereingeführt werden sollte.

»Kamera läuft!«

»Ton läuft!«

»Und bitte!«, sagte Brock.

Die Tür wurde geöffnet, und Lechner führte den verdächtigen Kujawski hinein, der sich vor Grieshabers Schreibtisch auf einen schlichten Holzstuhl setzte. Wortlos verließ der Polizist in seiner grünen Uniform wieder den Raum. Sie mussten die Szene noch drei Mal wiederholen, weil entweder das Licht nicht stimmte oder Brock mit der Kameraeinstellung nicht zufrieden war. Nach fünfzehn Minuten war die Dreisekundenszene im Kasten. Aber Waldbauer war immer noch nicht am Set erschienen.

»Bei ihm zu Hause geht niemand ans Telefon. Nur der Anrufbeantworter«, berichtete Eva.

»Ich mache mir Sorgen«, sagte Brock.

9.16 Uhr

In Waldbauers Haus in Gauting hörte niemand das Telefon. Waldbauer saß mit dröhnendem Kopf am Küchentisch, vor ihm ein Glas Wasser mit einer aufgelösten Aspirintablette. Seine Gedanken kreisten. Vor ihm auf dem Tisch lag die ATZ mit der Schlagzeile »Warum der Isarbulle im Porno mitspielte: Ich brauchte das Geld«. Daneben groß das Foto aus dem Hofbräuhaus mit der Bildzeile: »Ein Häufchen Elend: Seinen Kummer ertränkte Alfons Waldbauer gestern Abend im Hofbräuhaus.« Die Zeitung war Auslöser für den schlimmsten Ehestreit seines Lebens gewesen. Seit fast einer Stunde schrie seine Frau ihn an, dem Nervenzusammenbruch nahe und voller Wut und Verzweiflung.

»Es ist mir egal, ob es stimmt, was die schreiben. Es ist mir egal, ob du einen Mord begangen hast oder nicht. Ich kann nicht mehr. Ich will nicht mehr!«

Die letzten Worte hatte Waltraud Waldbauer in der letzten Stunde schon ein Dutzend Mal gesagt. Sie schien am Ende zu sein. Er wusste nicht, ob sich ihr Zorn gegen ihn oder gegen die Zeitungsschreiber richtete, die in den letzten Tagen immer wieder aufs Neue kübelweise Spott und Hohn über den »Isarbullen« ausgeschüttet hatten. In den vielen Jahren ihrer Ehe war sie selbst ein Teil des »Isarbullen« geworden. Und wenn er nun öffentlich von den Medien hingerichtet wurde, so ging sie mit zugrunde.

»Ich habe alles für dich und deine Fernsehkarriere aufgegeben«, fuhr sie ihn an. »Ich bin schon lange nicht mehr ich. Ich bin nur noch die Frau des ›Isarbullen‹. Ich bin schon lange nichts mehr wert.«

»Waltraud, was redest du da für einen Unsinn«, versuchte er sie zu beschwichtigen. Doch sie hörte ihm gar nicht zu, nahm ein Bild von der Wand, das ihn zusammen mit Silbermann und Mario Adorf zeigte, und schleuderte es zu Boden, sodass das Glas vor seinen Füßen in tausend Stücke zersplitterte. Es war aufgenommen worden, als der bekannte Schauspieler eine Gastrolle im »Isarbullen« spielte. Waldbauer hatte Erinnerungsfotos im ganzen Haus an verschiedenen Stellen aufgehängt.

Er wollte aufspringen und seine Frau anschreien, um sie zur Ruhe zu bringen. Doch die Kraft fehlte ihm. Er ließ das Geschehen wort- und regungslos an sich vorbeiziehen, als würde er einen Film betrachten, in dem er zwar mitspielte, aber keinen Einfluss auf das Drehbuch hatte. Auch das Bild mit Curd Jürgens ging zu Bruch.

Für einen kurzen Moment dachte er darüber nach, was ihn mehr schmerzen würde: seinen Beruf oder seine Frau zu verlieren. Er konnte den Gedanken jedoch nicht zu Ende denken, weil sie in dem Moment einen Höllenlärm verursachte, indem sie die Treppe ins Obergeschoss hinaufging und sämtliche Bilder zu Boden warf, die über dem Treppengeländer aufgehängt waren. Heinz Rühmann, Lieselotte Pulver, Harald Juhnke, Gustl Bayrhammer – sie alle mussten dran glauben. Als Waltraud oben an der Treppe stand, waren die Marmorstufen übersät von Scherben.

»Und damit du es weißt: Ich packe meine Koffer! Ich kann hier nicht mehr leben. Ich kann es einfach nicht mehr!«, rief sie in die Küche hinunter und verschwand im Schlafzimmer, wo sie die Schranktür aufriss und einen alten Reisekoffer hervorholte, den sie mit dem Nötigsten füllte.

Waldbauer wollte reagieren. Aber sein Kopf war immer noch nicht klar. Er wusste, dass er in diesem Moment eigentlich vor der Kamera stehen sollte.

»Die Indizien sind eindeutig, Graf von Kujawski, Sie sollten besser ein Geständnis ablegen«, murmelte er seinen Text leise vor sich hin. Er war erstaunt, dass er in seinem Zustand den einmal gelernten Text immer noch perfekt und fehlerfrei beherrschte. Wie sehr wünschte er sich jetzt ein Drehbuch, das ihm vorschrieb, wie er sich in dieser Situation verhalten sollte! Er nahm das Glas mit dem Aspirin und trank es in einem Zug aus.

»Ich nehme den Vectra mit und fahre zu meiner Schwester nach Garmisch«, rief sie ihm zu, als sie mit ihrem Koffer schon fast das Haus verlassen hatte.

»Aber Schatz, du kannst doch in deinem Zustand nicht mit dem Auto fahren!«, sagte er, ohne dass sie darauf reagierte. Sein Kopf dröhnte. Am liebsten würde er sich jetzt auf der Stelle hinlegen und einschlafen. Und nie wieder aufwachen.

10.11 Uhr

Die Kommissare Sonne und Steinmayr saßen mit Staatsanwältin Staudinger, Kriminaloberrat Maurer und Pressesprecher Brandt im kleinen Konferenzraum des Dezernats 11. Der tägliche Pressebericht musste formuliert werden, und dies geschah immer in direkter Abstimmung zwischen der Pressestelle und den ermittelnden

Beamten. Nur bei besonders spektakulären Fällen schalteten sich auch die Staatsanwaltschaft und der Dezernatsleiter ein.

»Bevor wir zur Sache kommen«, sagte Maurer, der wie zu Beginn jeder Besprechung zunächst seine Pfeife stopfte, »lassen Sie mich noch etwas in eigener Sache sagen. Ich möchte, dass Sie als meine engsten Mitarbeiter es als Erste erfahren.«

Der macht's jetzt aber spannend, dachte Sonne und blickte von seinen Unterlagen auf.

Maurer durchbrach die von ihm selbst geschaffene gespannte Stille mit den Worten: »Nachdem ich nun acht Jahre lang das Dezernat 11 geleitet habe und insgesamt zwölf Jahre lang bei der Mordkommission tätig bin, haben der Polizeipräsident und der Innenminister mich gebeten, eine neue Aufgabe zu übernehmen.«

Alle schauten ihn erwartungsvoll an.

»Zum ersten Juli werde ich Leiter der Verbrechensbekämpfung im Polizeipräsidium.« Und als wäre es ihm ein bisschen peinlich, fügte er hinzu: »Die Versetzung ist gleichzeitig mit der Beförderung zum Kriminaldirektor verbunden.«

Nach einer Schrecksekunde applaudierte ihm die kleine Runde. Steinmayr und Sonne war klar, dass sie wohl nie wieder einen so umgänglichen Vorgesetzten bekommen würden.

»Können wir das schon in den Pressebericht mit aufnehmen?«, fragte Brandt.

»Nein, wir müssen erst intern die Dezernate informieren. Das passiert nächste Woche«, antwortete Maurer. »Behalten Sie's so lange bitte für sich. Das gilt für Sie alle.«

Sie wandten sich nun dem Pressebericht zu.

»Die Telefone stehen bei uns nicht still«, sagte der Chef der Pressestelle. »Die Journalisten wollen ständig wissen, wie der Stand der Dinge ist.«

»Wenn wir ehrlich sind, schreiben wir: Die Polizei stochert im Dunkeln«, konnte sich Staudinger eine sarkastische Bemerkung nicht verkneifen.

»Wenn wir der Presse nichts servieren, bringt sie solche Geschichten wie heute«, gab Brandt zu Bedenken.

»Sehr unappetitlich«, sagte Sonne.

»Gibt es keine Möglichkeit, die Brisanz irgendwie aus dem Fall rauszunehmen?«, fragte Steinmayr in die Runde.

»Sie machen Witze«, erwiderte Brandt. »Dies ist einer der spektakulärsten Mordfälle in der Münchner Kriminalgeschichte. Jedenfalls erwecken die Journalisten diesen Eindruck.«

»Vielleicht sollten wir schreiben …« Staudinger wurde vom Piepen von Brandts Mobiltelefon unterbrochen.

»Entschuldigung«, sagte Brandt in die Runde und meldete sich mit: »Brandt. – Ah, Herr Litzka.«

»Wieso hat dieser Litzka die Handynummer von Brandt?«, flüsterte Staudinger Steinmayr zu.

»Diese Nummer hat jeder Polizeireporter in München«, antwortete er leise. »Er ist für die Pressefritzen rund um die Uhr erreichbar. So kann er manchmal verhindern, dass wilde Spekulationen ungeprüft in die Blätter geraten.«

»… ist das schon öfter vorgekommen, Herr Litzka? … Trotzdem. Damit ist nicht zu spaßen. Erst recht nicht in dieser aufgeheizten Situation … Wir können über Polizeischutz nachdenken … Natürlich müssen Sie nicht. Sie sind ein erwachsener und freier Mann. Aber wir können Ihnen nur raten … Ja, natürlich können Sie auf sich selber aufpassen … Aber wir sollten auf jeden Fall ein Protokoll aufnehmen … Sollen wir jemanden vorbeischicken? … Gut, dann kommen Sie aufs Präsidium, wenn Ihnen das lieber ist. Aber denken Sie nochmal über den Polizeischutz nach. Seien Sie vorsichtig, Herr Litzka.« Brandt beendete das Gespräch und reagierte auf die fragenden Gesichter gleich mit den Worten: »Litzka wird bedroht. Ein Anruf in seiner Redaktion. Anonym. Frauenstimme. Sowas kommt angeblich regelmäßig vor, durchgeknallte Leser, meint er.«

»Und warum hat er Sie dann angerufen, wenn das nichts Besonderes ist?«, fragte Sonne.

»Weil sich die Anruferin ausdrücklich auf unseren Fall bezogen hat.«

»Was hat sie denn gesagt?«, wollte Staudinger wissen.

»Die Worte der Anruferin waren«, er schaute auf die Notizen, die er sich während des Telefonats gemacht hatte, »›Du Schmierfink, du wirst mit dem Leben bezahlen, wenn du weiter so einen Schmutz schreibst.‹«

»Wir sollten auf alle Fälle mal die Herkunft des Anrufs checken lassen«, sagte Steinmayr.

»Ich glaube, dass ein Boulevardjournalist regelmäßig solche Anrufe bekommt. Er ist ja selbst mit dem Austeilen nicht zimperlich. Da muss man auch mal was einstecken können«, meinte Sonne.

»Jedenfalls will er vorerst keinen Polizeischutz. Er kommt aber ins Präsidium, um eine Aussage zu machen«, sagte Brandt.

Die nächsten zehn Minuten verbrachten sie damit, einen mehr oder weniger nichtssagenden Text für den Pressebericht zu formulieren, der den Tenor hatte: »Die Ermittlungen kommen voran, es gibt aber noch keine heiße Spur.«

Brandt und Staudinger, die beide ihre Büros nicht im Polizeigebäude an der Bayerstraße hatten, verabschiedeten sich und verließen den Besprechungsraum. Auch Steinmayr und Sonne wollten gerade gehen, als Maurer sagte: »Einen Moment noch, Herr Steinmayr. Ich wollte Ihnen nur noch sagen, dass ich Sie dem Polizeipräsidenten als meinen Nachfolger vorschlagen werde. Als erfahrener Leiter einer Mordkommission bringen Sie die richtigen Voraussetzungen mit, auch das Dezernat zu leiten. Der Polizeipräsident erwartet Ihre Bewerbung nach erfolgreichem Abschluss dieses Falls. Auf Wiedersehen, die Herren.«

Steinmayr und Sonne blieben sprachlos zurück.

15.50 Uhr

Franz-Xaver Silbermann hatte seinem Assistenten frei gegeben. Er genoss es manchmal, seinen Siebener-BMW selbst zu steuern, obwohl das Luxusfahrzeug als Chauffeurwagen ausgestattet war: Während der Fahrersitz verhältnismäßig schlicht und zweckmäßig ausgestattet war, gab es auf dem Rücksitz nicht nur Telefon, Fernseher und Internetanschluss, sondern sogar einen kleinen Kühlschrank mit zwei Champagnergläsern. Silbermann parkte die dunkle Limousine direkt vor dem Haus von Waldbauer in der Königswieser Straße. Er wollte persönlich mit Waldbauer sprechen, nachdem er nicht zum Dreh erschienen und telefonisch nicht erreichbar war. Als er neben dem Haus die offene und leere Garage sah, befürchtete er schon, sein Hauptdarsteller sei nicht daheim. Doch in einem Zimmer sah er Licht brennen. So läutete er hartnäckig mehrmals an der Haustür. Zunächst öffnete niemand, dann hörte er aber Geräusche in dem weiß gestrichenen Landhaus mit den roten Dachpfannen und den braunen Fenster- und Türrahmen. Silbermann klopfte an der Tür und rief: »Alfons, ich bin's, der Franz. Mach doch auf!« Er klopfte lauter. »Wir müssen reden. Es hilft doch nichts, wenn du dich in dein Schneckenhaus verkriechst!«

Noch eine Weile wartete der Produzent vor der Tür, die sich dann tatsächlich langsam öffnete. Silbermann erschrak angesichts der Gestalt, die ihm gegenüberstand. Mit zerzaustem Haar, glasigem Blick und Augenringen stand dort der sonst immer so um ein korrektes Erscheinungsbild bemühte Waldbauer.

»Mensch, Alfons, was ist denn mit dir los? Wir machen uns Sorgen! Am Set haben alle auf dich gewartet.«

»Ich melde mich krank. Brauchst du ein Attest vom Arzt?«

»Red keinen Unsinn, Alfons. Kann ich reinkommen? Lass uns reden.«

»Mir geht's nicht gut. Kannst du das nicht verstehen?«

»Natürlich kann ich dich verstehen. Darum bin ich doch hier. Du hast bislang immer auf mich zählen können, oder? Wir müssen aufpassen, dass uns die Sache nicht aus dem Ruder läuft. Kann ich jetzt reinkommen?«

Waldbauer trat wortlos zur Seite und ließ den Produzenten an sich vorbei in das Haus gehen.

Silbermann kannte Waldbauers Haus von einigen gemeinsamen Weinabenden. »Darf ich?«, fragte er und war schon im Wohnzimmer, wo er sich in einen Ledersessel setzte. »Setz dich, Alfons. Sag mal, hast du gesoffen? Was ist eigentlich los mit dir? Du bist doch sonst nicht so empfindlich. Ich weiß, dass du mit dieser schrecklichen Sache nichts zu tun hast. Aber so, wie du dich jetzt verhältst, gefährdest du meine Serie. Deine Serie. Unsere Serie! Mensch, kapier doch! Komm zu dir!«

»Waltraud ist weg«, sagte Waldbauer.

»Wie bitte? Wo ist sie?«

»Weg. Sie hat ihre Koffer gepackt. Es nicht mehr ausgehalten.«

»Oh Scheiße«, fluchte Silbermann, dem selten Kraftausdrücke entfuhren. Er dachte kurz nach, wollte jetzt nichts Falsches sagen. »Alfons, vielleicht war's eine Kurzschlussreaktion von ihr. Wenn sich die Sache beruhigt und aufgeklärt hat, kommt sie sicher zurück. Aber jetzt müssen wir einen klaren Kopf bewahren und an einem Strang ziehen.«

»Ich steig aus«, sagte Waldbauer, der Silbermann anscheinend gar nicht zugehört hatte.

»Rede keinen Unsinn«, war alles, was Silbermann entgegnen konnte.

»Ich steig aus, Franz. Ich kann das nicht mehr. Die machen mich fertig. Mir reicht es. Ich steig aus.«

»Denk darüber bitte nochmal nach, wenn du deine Sinne wieder beisammen hast. Außerdem wissen wir beide, dass der ›Isarbulle‹ dein Leben ist. Und ganz abgesehen davon: Du hast Verträge, die du erfüllen musst. Du kannst nicht einfach so die Brocken hinwerfen!«

»Ich kann. Und ich werde es tun.« Dann wurde er lauter. »Und jetzt verschwinde. Ich merke doch, dass du nur Angst um dein Geld hast. Du siehst deine Erfolgsserie zugrunde gehen. Du siehst dein Geld davonschwimmen. Und weißt du was? Es ist mir scheißegal. So was von scheißegal, was mit deiner verdammten Scheißserie und deinem Geld wird.« Er hatte sich in Fahrt geredet, stand auf, packte Silbermann an seinem Mantelkragen und schrie ihn an: »Ich will dich nicht mehr sehen. Verschwinde aus meinem Haus. Und verschwinde aus meinem Leben.«

Silbermann versuchte, die Fassung zu bewahren.

»Alfons, du weißt nicht, was du sagst! Hast du Tabletten genommen? Lass uns nochmal reden, wenn du dich wieder beruhigt hast. Ich werde ein Interview im Lokalfernsehen für dich organisieren, damit wir die ganze Sache …«

»Verschwinde, du elendiger Drecksproduzent!«, schrie Waldbauer, der nun völlig die Beherrschung verlor und Silbermann zur Haustür drängte. Silbermann hatte Waldbauer noch nie so erlebt. Und auf einmal war er nicht mehr sicher, ob ein Mann, der derart die Kontrolle über sein Handeln verlor, nicht auch zu einem Mord fähig sein könnte.

19.16 Uhr

Den Nachmittag hatten Steinmayr und Sonne am Schreibtisch verbracht. Immer wieder studierten sie die Aussagen, auf der Suche nach dem vielleicht entscheidenden Hinweis, den sie bislang übersehen hatten. Caliskan hatte noch mehrere Beschäftigte auf dem

Filmgelände befragt, doch ohne greifbares Ergebnis. Eine ganze Weile war außer dem Rascheln von Papier nichts zu hören in dem Großraumbüro, in dem jetzt nur noch Steinmayr und Sonne saßen.

»Sag mal, Chef, würdest du das wirklich machen?«, fragte Sonne in die Stille hinein. Er hatte ihn schon seit Jahren nicht mehr »Chef« genannt.

»Keine Ahnung, drüber nachdenken werde ich schon«, antwortete Steinmayr. »Natürlich ehrt mich dieses Angebot. Aber ich habe es zum Teil so empfunden, dass wir unter Druck gesetzt oder motiviert werden sollen, diesen Fall möglichst schnell zu lösen.«

»Als Dezernatsleiter wärst du nur noch zwei oder drei Beförderungen vom Polizeipräsidenten entfernt«, sagte Sonne.

»Du Spaßvogel. Du weißt doch ganz genau, dass ich kein Schreibtischtäter bin und diese Büroaufgaben hasse.«

»Stimmt. Du hast ja schon Probleme, wenn du einen Urlaubsantrag ausfüllen musst«, meinte Sonne lachend.

»Ich will raus, bei den Leuten am Tatort sein. Darum bin ich Polizist geworden. Nicht um in Abteilungsleiterkonferenzen den Stellenplan durchzudiskutieren. Andererseits …« Steinmayr hielt kurz inne. »Das Gehalt eines Dezernatsleiters ist um einiges üppiger als das eines Hauptkommissars. Vielleicht wird das dann ja doch noch was mit meinem Traum: ein Häuschen am Starnberger See, das wär's …«

»Träum weiter. Dazu bräuchtest du dann eher das Gehalt des Polizeipräsidenten. Magst du einen Kaffee? Ich koche einen.«

»Ja, gerne«, sagte Steinmayr. »Aber ich glaube, wir haben keine Milch mehr.«

»Stimmt«, verkündete Sonne, der mit geübtem Blick den Inhalt des Kühlschranks durchkämmt hatte. »Ich wollte mir eh beim Türken noch was zu essen holen. Dann hole ich gleich Milch und bringe auch noch neuen Zucker mit.«

Wenige Augenblicke später hatte Sonne seine Jacke übergezogen und war die Treppen hinuntergespurtet. Er nahm sich selten die Zeit, auf einen der zwei Aufzüge zu warten. Er verließ das Polizeigebäude durch die Glastür an der Ecke Goethe- und Bayerstraße. Das Haus war von außen nicht als Polizeidienststelle zu erkennen. Achtlos liefen unzählige Passanten vorbei. Erst wenn man das Foyer betrat, sah man anhand einer Infotafel mit Steckbuchstaben, dass hier nicht nur eine Segelschule und eine Gemeinschaftspraxis für Kieferchirurgie residierten, sondern auch mehrere Abteilungen der Kriminalpolizei, wie die Vermisstenstelle, das Fotolabor und eben das Morddezernat. Sonne ging die Bayerstraße einige Meter entlang, bog in die Paul-Heyse-Straße ein und betrat den türkischen Imbiss, wo sich die Mitarbeiter der Mordkommission regelmäßig mit Döner und Pide versorgten, wenn sie mal keinen Appetit auf Wienerwald hatten. Nur Hakan Caliskan hatte in den seltensten Fällen Lust auf türkische Spezialitäten und ernährte sich lieber von Leberkässemmeln. »Lebensmittel Feinkost« stand vielversprechend in gelben Buchstaben auf dem Schaufenster, darunter »Döner Kebab, Kalbfleisch aus garantiert deutscher Herstellung«.

Sonne wollte an der Theke gerade seine Bestellung aufgeben und sich an einen der drei runden Stehtische stellen, als ihn ein dumpfer Knall aufschreckte. Dann ein lauter Schrei, das Aufheulen eines Motors. Sonne sprang auf die Straße, als ein Auto mit quietschenden Reifen davonfuhr. Direkt vor dem Pressehaus, wenige Meter entfernt, bildete sich sogleich eine Menschentraube.

»Ich hol den Döner später ab«, rief Sonne und rannte den Gehweg entlang. Sofort sah er, dass es einen Unfall gegeben hatte, offenbar »mit Personenschaden«, wie es in der Polizeisprache hieß.

»Polizei«, rief er und drängelte sich durch die Schaulustigen vor.

»Ich habe schon den Notarzt gerufen«, sagte ein älterer Mann in blauer Uniform, offenbar der Pförtner des Pressehauses, in dem nicht nur der Merkur und die ATZ ihren Sitz hatten, sondern auch ein lokaler Radiosender. Sonne griff zu seinem Handy und wollte die Kollegen von der Verkehrspolizei alarmieren. Doch als er das blutverschmierte Unfallopfer erkannte, wählte er zuerst Steinmayrs Nummer. In wenigen Augenblicken war Steinmayr noch vor dem Rettungswagen am Unfallort.

Sonne und ein zufällig anwesender Krankenpfleger hatten bereits Erste-Hilfe-Maßnahmen eingeleitet. Frank Litzka war bewusstlos und hatte Blut verloren.

»War das jetzt Zufall oder ein Mordanschlag?«, fragte Steinmayr.

»Ich habe den Glauben an Zufälle schon lange verloren«, sagte Sonne, während er aus dem Erste-Hilfe-Kasten des Pförtners einen Verband nahm und um den verletzten Kopf des Polizeireporters wickelte. »Er lebt, ist aber ziemlich lädiert. Hoffentlich kommt der Sanka bald.«

»Wir kümmern uns mal um die Leute hier. Nicht dass uns wertvolle Augenzeugen im Getümmel verloren gehen. Es muss doch jemand den Wagen gesehen haben.«

»Sind Sie ein Kommissar? Ich habe das Auto gesehen«, sagte ein kleines Mädchen und zupfte Steinmayr am Ärmel. Sie war ungefähr zehn Jahre alt und trug eine Schultasche auf dem Rücken.

»Was hast du denn gesehen?«, fragte Steinmayr.

»Ich habe hier an der Haltestelle auf den Bus gewartet, wollte mit der Achtundfünfzig zur Silberhornstraße. Der Wagen hat die ganze Zeit hier auf der Busspur gestanden, mit laufendem Motor.«

»Und was ist dann passiert?«

»Dann hat er ganz plötzlich Gas gegeben und diesen Mann überfahren, der gerade aus dem Haus hier kam und die Straße überqueren wollte.«

»Kannst du das Auto beschreiben?«, fragte Steinmayr ohne große Hoffnung auf eine detaillierte Aussage.

»Klar, ein dunkelblauer Opel.«

»Hast du vielleicht ...«

»Das Kennzeichen?«, fiel ihm das Kind ins Wort. »Freilich. Stark neunzehndreiundneunzig.«

»Stark?«

»Ja: STA-RK, und dann 1993.«

»Das hast du ganz fein beobachtet. Bitte lauf nicht weg, wir brauchen dich noch«, sagte Steinmayr und griff nach seinem Handy. »Ich brauche schnell eine Halterabfrage. Starnberg, Rudolf, Konrad, eins, neun, neun, drei.«

In dem Moment fuhr der Rettungswagen mit Blaulicht und Sirene vor. Zwei rot-weiß-neongelb gekleidete Männer mit Silberkoffer sprangen aus dem Wagen und kümmerten sich um den Verletzten. Nach wenigen Augenblicken war er an einen Tropf angeschlossen und auf eine Trage gelegt.

»Wie geht es ihm?«, fragte Sonne den Notarzt.

»Sind Sie ein Angehöriger?«

»Nein, Kripo. Mordkommission«, sagte er und zeigte den Dienstausweis.

»Das wird hier wohl kein Fall für Sie. Sieht schlimmer aus, als es ist. Ein paar Knochenbrüche, Gehirnerschütterung. Aber er wird durchkommen.«

Sonne ersparte sich die Erklärung, dass die Mordkommission auch für versuchte Tötungsdelikte zuständig war, weil Steinmayr ihm zurief: »Du glaubst nicht, auf wen der Wagen zugelassen ist: Alfons Waldbauer.«

»Ach du Scheiße. Unfall mit Fahrerflucht, das hatten wir doch schon mal …«

»Nein, Jürgen. Wenn es stimmt, was dieses Mädchen beobachtet hat, dann war das kein Unfall, sondern Mordversuch.«

Steinmayr rief die junge Zeugin zu sich.

»Kannst du den Mann am Steuer beschreiben?«

»Den Mann am Steuer?«, fragte sie. »Wieso Mann?«

»War es ein älterer Mann, so um die Siebzig? Kam er dir vielleicht sogar bekannt vor, aus dem Fernsehen?«, stellte Sonne eine Suggestivfrage, von der wusste, dass sie eigentlich unzulässig war.

»Es war kein Mann. Am Steuer saß eine Frau«, sagte das Mädchen.

Steinmayr und Sonne schauten sich kurz an. Dann gaben sie eine Großfahndung nach Waltraud Waldbauer heraus.

20.29 Uhr

Noch während die Fahndung nach Waldbauers Ehefrau per Funk an alle Streifenwagenbesatzungen durchgegeben wurde, meldete sie sich an der Pforte des Polizeipräsidiums, um sich zu stellen. Fast zeitgleich entdeckte eine Streife den gesuchten Vectra in der Nähe des Stachus im absoluten Halteverbot. Über die Einsatzzentrale wurden Steinmayr und Sonne sofort informiert, dass die gesuchte Person sich freiwillig gemeldet hatte. Die beiden Kommissare machten sich gleich auf den Weg in die Ettstraße.

»Nach seinem Sinne Leben ist Gewinn. Der Edle strebt nach Ordnung und Gesetz«, stand in fast unleserlichen Buchstaben über dem Eingang des ehemaligen Klostergebäudes in Stein gehauen. Sie betraten das Präsidium über das erst vor wenigen Monaten wieder entriegelte Löwentor. Der Haupteingang zwischen den beiden Säulen mit Löwenköpfen war vor Jahrzehnten aus Angst vor Terroranschlägen verschlossen und nur für Staatsgäste oder Dreharbeiten zu TV-Krimis geöffnet worden. Während der ganzen Zeit hatten freiwillige und unfreiwillige Gäste des Polizeipräsidiums den Seiteneingang in der Löwengrube benutzen müssen. Über den Paternoster erreichten sie den zweiten Stock, wo Waltraud Waldbauer bereits in einem Vernehmungszimmer wartete, bewacht von zwei uniformierten Beamten.

»Können Sie uns eine Kanne Kaffee bringen?«, bat Steinmayr einen der beiden Polizisten. »Bitte mit Milch und Zucker.«

Sonne fiel ein, dass er noch keine Milch gekauft hatte und dass beim Türken wohl schon seit einiger Zeit ein frisch zubereiteter Döner wartete – bestellt und nicht abgeholt.

21.08 Uhr

Waltraud Waldbauer saß zusammengesunken auf ihrem Stuhl. Sie hatte ihren Mantel nicht ausgezogen. Auch das Angebot einer Tasse Kaffee hatte sie abgelehnt.

Steinmayr schaltete das Tonbandgerät ein und machte sie auf ihre Rechte und Pflichten aufmerksam.

»Sie werden als Beschuldigte vernommen. Sie stehen im Verdacht, mit dem auf Ihren Mann zugelassenen Fahrzeug den Versuch einer vorsätzlichen Tötung unternommen zu haben. Ihre Aussage kann in einem Strafverfahren gegen Sie verwendet werden. Sie können die Aussage verweigern, wenn Sie sich damit selbst belasten würden.«

Waltraud Waldbauer hatte den juristischen Kurzvortrag regungslos über sich ergehen lassen und sagte dann nur: »Ja, ich war's.« Dann brach sie in Tränen aus und legte ihre Hände vors Gesicht.

»Soll ich einen Psychologen rufen?«, flüsterte Sonne zu Steinmayr.

Steinmayr schüttelte den Kopf. »Er müsste schon unterwegs sein.«

Etwa eine Minute lang ließen sie die Frau weinen. Dann sagte Steinmayr einfühlsam: »Frau Waldbauer, warum haben Sie das getan? Wollten Sie sich rächen?«

»Er hat das Leben meines Mannes zerstört, und damit hat er auch mich zerstört. Ich wollte nicht mehr leben. Und darum sollte auch er nicht mehr leben.«

Die Kommissare schwiegen, um die Aussage nicht zu unterbrechen.

»Ich wollte erst diesen Schreiberling umbringen und dann vor den nächstbesten Brückenpfeiler fahren. Aber … ich konnte es nicht. Ich war plötzlich so feige. Verstehen Sie das?«

Steinmayr nickte verständnisvoll.

Waltraud Waldbauer griff in die Innenseite ihres Mantels und holte ein gefaltetes Blatt Papier hervor. Sie schob es über den Tisch und sagte: »Ich wollte, dass Sie das hier bei mir finden.«

»Ein Abschiedsbrief?«, fragte Sonne überflüssigerweise und nahm das Papier. Es waren nur wenige Zeilen. Beide Kommissare lasen gleichzeitig:

»Wenn diese Worte gelesen werden, habe ich es hinter mir. Mein Leben ist nutzlos und wertlos geworden. Alles ist zerstört. Ich hoffe, es ist mir gelungen, denjenigen mit in den Tod zu nehmen, der mit seinen Hetzartikeln die Schuld an allem trägt. Und ich hoffe, dass keine Unschuldigen zu Schaden kommen. Alfons, ich war immer für Dich da. Verzeih mir, wenn ich Dich jetzt allein lasse. Aber ich habe keine Kraft mehr.«

Steinmayr hatte schon viele Abschiedsbriefe zu Gesicht bekommen. Aber noch nie hatte ihm der Verfasser von Angesicht zu Angesicht gegenüber gesessen. Er schluckte zwei Mal, dann sagte er: »Frau Waldbauer, wie es aussieht, haben Sie Glück. Litzka ist nicht tot, nur schwer verletzt. Wahrscheinlich kommt er durch. Und wenn Sie noch mehr Glück haben, kommen Sie mit einer Anklage wegen gefährlicher Körperverletzung davon. Aber dann müssen Sie jetzt mit uns kooperieren.«

Er wusste und verschwieg, dass sie höchstwahrscheinlich in die geschlossene Abteilung von Haar eingeliefert werden würde. So wie fast alle verhinderten Selbstmörder. Immer noch rollten Tränen über ihr Gesicht, das zugleich Verzweiflung und eine Art von Entschlossenheit ausdrückte.

»Ich habe Tomasek erschossen«, sagte sie, und machte die Kommissare damit für einen Moment sprachlos.

»Sie haben was?«, fand Sonne als erster von beiden wieder Worte.

»Ich habe den Regisseur erschossen. Mit der Waffe meines Mannes. Er war es nicht. Ich habe seine Pistole genommen.«

Steinmayr vergewisserte sich, dass das Tonbandgerät noch lief.

»Und warum, bitteschön, haben Sie ihn erschossen?«, fragte er mit einem ungläubigen Unterton.

»Ich möchte jetzt nichts mehr sagen. Sie haben doch gesagt, ich kann die Aussage verweigern, wenn ich mich selbst …«

»Wollen Sie uns auf den Arm nehmen?«, sagte Sonne und verlor seine Zurückhaltung. »Sie kommen hierher und tischen uns ein Geständnis für einen Mord auf, für den Sie überhaupt kein Motiv haben und den Sie überhaupt nicht begangen haben können! Oder woher hatten Sie die Munition für die Tatwaffe?«

»Die Munition?«, fragte sie. »Na, die war natürlich in der Pistole, wo sonst. Ich habe sie aus der Schublade meines Mannes genommen und …«

Steinmayr verlor die Geduld und wurde wütend: »Mir lassen uns doch ned zum Narren hoitn, Herrschaftzeitn. Sie san festgnomma wegen Verdacht auf versuachten Mord am Frank Litzka. Olles andere entscheidt morng da Haftrichter.« Und zu dem Wachmann draußen vor dem Vernehmungszimmer rief er: »Abführen!«

Als er mit Sonne allein im Raum war, lief Steinmayr vor dem vergitterten Fenster auf und ab.

»Was sollte diese Vorführung? Was wollte die Frau bezwecken?«

Sonne grübelte: »War das alles nur Show? Auch der Anschlag auf Litzka? Das passt doch vorne und hinten nicht zusammen. Sie hatte keine Chance, an echte Polizeimunition zu kommen.«

Steinmayr setzte sich wieder an den Tisch und griff zu seiner Kaffeetasse. Er starrte auf das durch die Milch hellbraun gewordene, aber inzwischen nur noch lauwarme Getränk. Er überlegte eine Weile, dann sagte er: »Frau Waldbauer gibt ihrem Mann ein Alibi. Dann will sie sich selbst umbringen. Als dies misslingt, gesteht sie einen Mord, den sie unmöglich begangen haben kann. Vielleicht hat sie für dieses falsche Geständnis denselben Grund wie für das Alibi.«

»Dann wäre es ein falsches Alibi«, murmelte Sonne.

»Richtig.«

»Du meinst … der wahre Grund für ihren geplanten Selbstmord war nicht nur die Verzweiflung über ihre zerstörte Ehe, sondern die Tatsache …«

»… dass sie nicht damit leben konnte, dass ihr Mann ein Mörder ist. Sie wollte ihn decken und schützen«, vollendete Steinmayr den Gedanken.

»So wie sie ihr ganzes Leben in den Schatten seiner Karriere gestellt hat.«

Steinmayr und Sonne kannten sich schon zu lange, als dass für die nächsten Schritte noch Worte notwendig gewesen wären.

21.43 Uhr

Die Königswieser Straße in Gauting war mehr ein asphaltierter Fußweg als eine Straße. Drei dunkle Mercedes-Limousinen mit getönten Scheiben parkten direkt vor der Hausnummer dreizehn. Routinemäßig hatten Steinmayr und Sonne für die Festnahme eines Mordverdächtigen ein Spezialeinsatzkommando angefordert, auch wenn bei der Überwältigung von Waldbauer kein großer Widerstand oder gar eine Schießerei zu erwarten war. Anders als im Fernsehkrimi war es üblich, auf Nummer sicher zu gehen. Im Schutze der Dunkelheit schlichen die schwer bewaffneten und vermummten Männer mit ihren kugelsicheren Westen auf das gepflegte Grundstück. Sie verständigten sich wortlos mit jahrelang eingeübten Handzeichen. Steinmayr und Sonne hielten sich im Hintergrund. Sie beobachteten das Geschehen verborgen hinter einem zivilen Einsatzfahrzeug. Von der Königswieser Straße aus konnten sie über die Wälder im Würmtal blicken. Und wenn sie den Blick etwas weniger weit in die Ferne richteten, sahen sie am Fuße des Abhangs an der Straße nach Starnberg das VW-Autohaus, den Lidl und das Mädchenheim der Caritas.

»Meinst du wirklich, er war's?«, fragte Sonne, der plötzlich Zweifel bekam. »Wir sind gerade dabei, den ›Isarbullen‹ festzunehmen. Hast du dir schon mal Gedanken gemacht, wie wir dem Haftrichter erklären sollen, dass wir den bekanntesten Fernsehkommissar Deutschlands hinter Gitter bringen wollen?«

»Bei jedem Nicht-Promi würde es für einen Haftbefehl schon reichen, wenn ihm die Tatwaffe gehört, oder?«, sagte Steinmayr. »Und wenn er es nicht war, dann lassen wir ihn halt wieder laufen.«

»Ja, und dann können wir uns gleich ein Schild um den Hals hängen mit der Aufschrift ›Die deppertsten Bullen Deutschlands‹. Was glaubst du, was die Zeitungen schreiben, wenn wir den ›Isarbullen‹ unschuldig festnehmen?«

»Er ist zu Hause«, hörte Steinmayr über einen kleinen Kopfhörer den Einsatzleiter des SEK über Funk sprechen. »Im ersten Stock hat sich eine Gardine bewegt.«

»Mach dir keine Gedanken«, antwortete Steinmayr seinem Kollegen, »das werden die nie erfahren, wenn er wirklich unschuldig ist. Von uns jedenfalls nicht, und der Waldbauer wird auch nicht so damisch sein, damit an die Öffentlichkeit zu gehen. Und vielleicht war er's ja doch.«

Sonne wusste nicht, ob er »hoffentlich« oder »hoffentlich nicht« sagen sollte.

Die SEK-Beamten hatten das Haus umstellt. Vier Männer standen mit entsicherten Waffen an der Haustür und warteten auf den Befehl des Einsatzleiters. Der verständigte sich per Funk mit Steinmayr. Wenige Augenblicke später sollte der berühmte ›Isarbulle‹ in Handschellen abgeführt und ins Präsidium gebracht werden. Sonne versuchte, sich an die erste Folge des »Isarbullen« zu erinnern, die er als kleiner Junge und schon mehrfach in der Wiederholung gesehen hatte. Oberinspektor Grieshaber war noch ein drahtiger Ermittler in den besten Jahren. Es ging um die Entführung einer Millionärstochter, die schließlich umgebracht wurde. Erschossen oder erstochen? Er wusste es nicht mehr genau. Er erinnerte sich aber daran, dass ein damals unbekannter Schauspieler den Entführer und Mörder spielte. Er war erst Jahre später durch eine Arztserie berühmt geworden. Ähnlich wie Ede Zimmermann von »Aktenzeichen XY« war der »Isarbulle« zum Inbegriff für den Kampf gegen das Verbrechen geworden.

Ein unerwartetes Geräusch riss Sonne aus diesen Gedanken. »Zugriff!«, tönte es über Funk. Die Männer des SEK zündeten eine Mini-Granate an der Haustür und stürmten das Gebäude. Jetzt erkannte Sonne das Geräusch, das nicht in die Szene passte. Etwa zwanzig Meter neben dem Haus öffnete sich das Tor eines frei stehenden Garagenhäuschens. Mit quietschenden Reifen und ohne Licht kam ein roter Wagen die Zufahrt hochgefahren.

»Wos is denn do los?«, fragte Steinmayr. »De Garaschn kead doch gor ned zu dem …«

»Anscheinend doch«, unterbrach ihn Sonne, der am Steuer des Wagens Waldbauer erkannt hatte. »Das ist er! Warum macht er das?«

Der Einsatzleiter brach die Aktion ab. Waldbauer gab Vollgas. Er war schon fast an der evangelischen Christuskirche rechts abgebogen, als die Polizisten die Verfolgung aufgenommen hatten. Sonne stellte das Blaulicht auf das Dach ihres Astras, den Steinmayr in Bewegung setzte.

»Er muss uns am Fenster gesehen haben«, mutmaßte Sonne, während er zum Funkgerät griff, um Verstärkung anzufordern. »Es muss eine Verbindung durch den Keller zu dieser Garage geben.«

Im gleichen Moment fuhr auch ein blauer Lieferwagen los, der die ganze Zeit über unbemerkt in der Straße geparkt hatte.

»Jetzt spinnt er komplett«, rief Steinmayr, als Waldbauer den steilen Krapfberg hinunterfuhr, an der Pizzeria rechts auf die Bahnhofstraße abbog und mit Vollgas durch das nächtliche Gautinger Zentrum bretterte. Steinmayr musste das Lenkrad herumreißen, um einen Zusammenstoß mit einem Radfahrer zu vermeiden, der gerade ohne Licht die Straße querte. Der Wagen geriet kurz ins Schleudern, aber solche Situationen hatte Steinmayr beim Fahrtraining schon hundertmal geübt. Schnell hatte er das Auto wieder unter Kontrolle. Waldbauer überquerte mit seinem Volvo nach dem Hauptplatz die Würmbrücke und fuhr dann auf die Münchener Straße und später rechts hoch Richtung Neuried.

»Der haud uns ob!«, rief Steinmayr. »Wenn er auf der freien Streck richtig Gas gibt, is der doch in null komma nix verschwundn.«

Waldbauer ignorierte das Tempo-Sechzig-Schild auf der Landstraße, die wegen zahlreicher dramatischer Unfälle auch »Todesstrecke« genannt wurde. Am Straßenrand sahen sie frische Blumen und einen kleinen Kranz liegen. Hier war erst vor Kurzem der Inhaber eines Gautinger Szenelokals tödlich verunglückt. Überhöhte Geschwindigkeit, nicht angeschnallt, aus der Kurve geflogen, erinnerte sich Sonne an den Unfallbericht in der Zeitung.

Im Rückspiegel sah er immer noch den blauen Lieferwagen, der ihnen in größer werdendem Abstand folgte. Es konnte ein Zufall sein.

»Zielobjekt fährt Richtung Neuried«, sprach Steinmayr ins Funkgerät. Und zu Sonne: »Wenn er jetzt nicht rechts nach Buchendorf abbiegt oder links nach Forst Kasten, dann sitzt er in der Falle. Die Neurieder Kollegen sperren die Kreuzung an der Forstenrieder Straße.« Nach einem kurzen Moment fragte er seinen Kollegen: »Zweifelst du immer noch daran, dass er es war?«

»Dieser Fluchtversuch jedenfalls sieht verdammt nach einem Geständnis aus. Hoffentlich hat er nicht auch vor, gegen einen Baum zu fahren.«

»Dazu hätte er schon genug Gelegenheiten gehabt«, meinte Steinmayr und zeigte auf die zahllosen Bäume am Straßenrand, wo rechts auf freier Strecke neben einem Baum ein Holzkreuz zu sehen war, das auf einen länger zurückliegenden Verkehrsunfall hindeutete. Waldbauer konnte mit seinem schnellen Wagen den Abstand vergrößern. Aber als er an der Abzweigung nach Buchendorf geradeaus fuhr, nahm Steinmayr den Fuß vom Gas.

»Iatz hamman aba«, sagte er.

Inzwischen waren die Autos des SEK mit Blaulicht hinter ihnen. Es hatte eine Weile gedauert, bis die Männer ihre schweren Waffen verstaut hatten und sie ihre Fahrzeuge in Bewegung setzen konnten. An der Kreuzung, wo sich der Weg nach München und nach Germering gabelte, hatte die örtliche Polizei mit rot-weißen Barrikaden die Straße bereits gesperrt. Zur Sicherheit hatten sie hinter der Sperre noch ein Nagelband quer über die Fahrbahn gelegt, für den Fall, dass Waldbauer mit seinem Auto das Hindernis durchbrechen sollte. Den Lieferwagen sahen sie nicht mehr.

Steinmayr und Sonne hatten den Volvo schon fast aus den Augen verloren, als Waldbauer angesichts der Straßensperre eine Vollbremsung einlegen musste.

Reifen quietschten. Der Wagen kam ins Schleudern, rammte zwei am Straßenrand geparkte Autos. Glas splitterte. Zwischen der Raiffeisenbank und einem Naturkostladen kam Waldbauers Wagen zum Stillstand. Sofort näherte sich ein halbes Dutzend Polizeibeamte mit gezogenen Pistolen dem Auto. Der Fahrer schien unverletzt. Nur der Wagen hatte einige Schrammen abbekommen.

»Kommen Sie langsam und mit erhobenen Händen heraus«, sagte ein Beamter. Auch Steinmayr und Sonne stiegen aus und rannten sofort zu Waldbauers Auto. Dann stoppten die gepanzerten SEK-Fahrzeuge, und blitzschnell war der Wagen von den bewaffneten Spezialkräften umzingelt. Ein Mann mit Gesichtsmaske und Maschinenpistole riss Waldbauers Autotür auf. Zwei weitere zerrten den Schauspieler aus dem Wagen. In diesem Augenblick kam der blaue Lieferwagen näher und stoppte unweit des Geschehens. Ein Mann folgte, und gleißendes Scheinwerferlicht erleuchtete die

Szenerie. Ein zweiter Mann stieg aus und richtete seine Kamera auf Waldbauer und die SEK-Männer.

»Verdammt, das sind Fernsehfritzen!«, rief Sonne.

»De miaßn sich vorm Wildgruaba seim Haus aufgstellt hom«, vermutete Steinmayr.

Und Sonne brüllte: »Haut ab, ihr Paparazzi!«

Doch der Kameramann ließ sich nicht beeindrucken. »Ich sehe hier keine Polizeiabsperrung. Ich filme auf öffentlichem Gelände«, sagte er, ohne den Polizisten anzuschauen.

»Du Arschloch«, rief Sonne und wollte auf den Fernsehreporter losgehen. Doch Steinmayr hielt ihn zurück.

»Er hat recht. Wir können das nicht verhindern. Und Waldbauer ist eine Person des öffentlichen Lebens.«

»Noch bevor Waldbauer seine erste Aussage gemacht hat, flimmert seine Festnahme über alle Kanäle«, erwiderte Sonne.

Inzwischen hatten die SEK-Männer dem Verdächtigen Handschellen angelegt und ihn in einen Streifenwagen platziert. Steinmayr ging zu ihm und sagte die unvermeidlichen Worte: »Herr Waldbauer, Sie sind festgenommen wegen des dringenden Tatverdachts, Drahomir Tomasek erschossen zu haben.«

Wie ein zusammengefallener Sack saß Waldbauer auf dem Rücksitz des Polizeiwagens.

Ein Häufchen Elend, dachte Sonne.

Waldbauer blickte den Kommissar mit flehendem Blick an. Dann sagte er: »Aber ich war es nicht.«

22.39 Uhr

»Herr Waldbauer, es ist an der Zeit auszupacken«, sagte Sonne. Der Schauspieler saß mittlerweile im Polizeibüro. Diesmal wurde er nicht mehr als Zeuge, sondern als Beschuldigter vernommen.

»Möchten Sie einen Anwalt anrufen?«, fragte Steinmayr.

Doch Waldbauer schüttelte nur den Kopf. »Ich war es nicht«, wiederholte er. Sonne nahm einen Schluck von seinem pechschwarzen Kaffee. Es war schon spät am Abend und die Müdigkeit übermannte ihn allmählich.

»Herr Waldbauer, wir können die Prozedur hier abkürzen, wenn

Sie uns sagen, was genau passiert ist«, sagte Sonne. »Dass Tomasek mit Ihrer Waffe getötet wurde, können Sie ja nicht leugnen.«

»Nein, ich kann mir das selbst aber nicht erklären.«

»Ihre Frau wollte die Tat für Sie auf sich nehmen, um Sie zu schützen. Und dieses Geheimnis wollte sie sogar mit ins Grab nehmen«, sagte Steinmayr, während er am Fenster stand und auf das nächtliche Treiben vor dem Hauptbahnhof schaute. Seinen Kaffee hatte er bereits ausgetrunken. Waldbauer griff zu einem Glas Mineralwasser, das vor ihm stand. Er sagte nichts. Er hatte auf der Fahrt ins Präsidium von dem Unfall seiner Frau erfahren. Dass sie auch einen Mordanschlag auf Litzka verübt hatte, war ihm verschwiegen worden.

»Geben Sie zu, dass Sie Ihre Frau um ein falsches Alibi gebeten haben?«, bohrte Steinmayr nach.

Waldbauer nickte. »Ja, das stimmt. Ich habe kein Alibi.« Und dann fügte er hinzu: »Aber ich war es trotzdem nicht.«

»Für Ihren Streit mit Tomasek gibt es genug Zeugen. Sie besitzen eine scharfe Waffe. Und Sie haben kein Alibi. Es sieht nicht gut aus für Sie«, sagte Steinmayr. Auf dem Bahnhofsvorplatz sah er einen Penner torkeln.

»Und wo waren Sie zur Tatzeit?«, fragte Sonne energisch, der seelenruhig an seinem Schreibtisch saß, während sein Kollege immer noch am Fenster stand. Die Neonröhren füllten den Raum mit einem beißenden Licht aus, das jede Regung auf Waldbauers Miene erhellte. Wie im Rampenlicht.

»Ich war im Wald«, erwiderte er.

»Im Wald, ah ja«, sagte Sonne. »Haben Sie Pilze gesucht? Oder vielleicht ein Wildschwein erlegt?«

»Es war klar, dass Sie mir nicht glauben. Darum habe ich meine Frau gebeten, für mich auszusagen. Natürlich war es ein Fehler …«

»Wenn Sie wirklich unschuldig sind, warum haben Sie dann nicht von Anfang an mit offenen Karten gespielt?« Sonne wusste selbst nicht, ob er an die Schuld oder Unschuld des berühmten Schauspielers glauben sollte.

Das Telefon auf Steinmayrs Schreibtisch klingelte. »Sonne, Apparat Steinmayr … Moment bitte.« Er wandte sich zu Steinmayr: »Es ist Brandt von der Pressestelle. Er sieht gerade die Bilder von der Festnahme in den Mitternachts-nachrichten auf München-TV.«

»Herrgottsakra«, fluchte Steinmayr. »So hod's ja komma miaßn.« Er nahm den Hörer in die Hand, mit der anderen Hand schaltete er das Fernsehgerät ein. Dort war gerade die letzte Sequenz der Aufnahmen von der Festnahme zu sehen. »Brandt«, sagte er ins Telefon, »die Bilder sind sehr verwackelt, dunkel und unscharf. Der Mann, der da festgenommen wird, könnte auch jeder andere sein. Ich schlage vor, wir bestätigen Waldbauers Festnahme zunächst nicht … nein, keine Nachrichtensperre. Es reicht, wenn Sie Ihr Handy bis morgen früh ausschalten. Solange wir nichts bestätigen, handelt es sich um ein Gerücht. Und für die Donnerstagszeitungen ist es hoffentlich schon zu spät.« Steinmayr schaltete den Fernseher wieder aus.

»Fassen wir nochmal zusammen: Sie hatten einen heftigen Streit mit Tomasek, nicht zum ersten Mal. Dann sind Sie in den Wald gegangen, warum auch immer.«

»Ich musste mich abreagieren. Brauchte Ruhe und frische Luft«, sagte Waldbauer, der aussah, als ob er sich in die Ecke gedrängt fühlte.

»Und dann sind Sie nach Hause gegangen und haben erst am nächsten Tag von dem Mord erfahren?«, fuhr Steinmayr fort. Waldbauer nickte.

»Wo bewahren Sie Ihre Waffe auf?«, fragte Sonne.

»In der Garderobe. In der Schublade am Schminktisch.«

»Und diese Schublade ist verschlossen?«

»Nein, die Schublade nicht, aber die Garderobentür schließe ich immer ab, wenn ich nicht drin bin. Nicht wegen der Pistole, die ist ohne Munition ja völlig ungefährlich. Aber ich lasse am Set auch meine persönlichen Wertsachen und Papiere. Darum schließe ich immer ab.«

»Und Sie haben die Waffe nie vermisst?«, fragte Sonne.

»Nein. Wie Sie wissen, gibt es beim ›Isarbullen‹ wenig Schießereien. Die Pistole kommt nur sehr selten zum Einsatz, manchmal brauche ich sie in einer ganzen Folge kein einziges Mal. Und ich schaue auch nicht täglich in die Schublade.«

»Wer hat sonst noch alles einen Schlüssel für die Garderobe?«, fragte Steinmayr.

»Niemand«, antwortete Waldbauer. »Nur die Putzkolonne, die kommt täglich in der Früh, weit vor Drehbeginn. Und natürlich die Frauen von der Maske. Schließlich stehen ihre Utensilien in den verschiedenen Garderobenzimmern.«

Sonne merkte, wie ihm die Augen immer schwerer wurden. Und auch Steinmayr konnte eine gewisse Müdigkeit nicht mehr verbergen.

»Wir haben Ihre Aussage aufgezeichnet, morgen früh können Sie das Protokoll unterschreiben«, sagte Steinmayr. »Bis dahin sollten Sie nochmal darüber nachdenken, ob Sie nicht doch lieber einen Anwalt anrufen. Wir werden einen Haftprüfungstermin ausmachen.«

»Und dass wir Sie die Nacht über in Gewahrsam nehmen müssen, haben Sie sich mit Ihrem waghalsigen Fluchtversuch selbst zuzuschreiben«, fügte Sonne hinzu. »Morgen sehen wir weiter.«

Sie riefen einen Wachbeamten, der Waldbauer in eine Zelle brachte.

»Wir haben den ›Isarbullen‹ eingebuchtet«, sagte Sonne leise, als sich die Tür hinter dem Festgenommenen verschlossen hatte. Sie schalteten das Licht aus, doch das Büro blieb immer noch hell – erleuchtet durch die Neonreklame des benachbarten orientalischen Teppichgeschäftes. Sie gingen aus dem Zimmer. Steinmayr wollte gerade die Glastür im zweiten Stock zwischen Treppenhaus und Morddezernat abschließen, als er sein Telefon im Büro läuten hörte.

»Was denn jetzt noch?«, fragte er genervt. Der Gedanke, das Telefon einfach zu überhören, wurde sofort von seinem Pflichtgefühl verdrängt. Vielleicht war's etwas Wichtiges. Mit wenigen großen Schritten spurtete er in das Büro zurück und nahm etwas außer Atem den Hörer ab. Auf den Rand der Süddeutschen, die noch auf seinem Schreibtisch lag, machte er sich ein paar Notizen von dem Gespräch. Dann legte er mit den Worten »Gut, Frau Faraldo, wir sind gleich bei Ihnen« den Hörer auf und riss seine Notizen aus der Zeitung heraus.

»Sorry, Jürgen«, sagte er zu seinem Kollegen. »Es dauert noch ein bisschen mit der Nachtruhe.«

»Was ist noch los?«

»Eine Natalina Faraldo möchte noch eine Aussage machen.«

»Natalina wer?«

»Sie arbeitet auf dem Bavaria-Gelände, als Maskenbildnerin.«

»Und warum will sie mitten in der Nacht eine Aussage machen?«

»Sie sagt, es sei wichtig. Hakan hat ihr wohl gesagt, sie könne uns jederzeit anrufen. Und ihr meine Durchwahl gegeben. Wir werden sehen.«

»Müssen wir denn beide hin?«, fragte Sonne.

»Ich würde dich da ja allein hinschicken, Jürgen. Aber bei Zeugen, die jung und weiblich sind, muss man bei dir ja neuerdings vorsichtig sein.«

»Idiot«, erwiderte Sonne.

23.31 Uhr

Zweifellos hätte Sonne um diese Zeit nach einem anstrengenden Tag lieber in seinem Bett gelegen. Doch wenn es schon ein nächtlicher Einsatz sein musste, dann war ihm die Aussage einer so attraktiven Italienerin nicht unangenehm. Sonne und Steinmayr hatten die junge Frau bislang nicht persönlich kennengelernt. Ihre Aussage, mit der sie Ulrike Gellner ein Alibi gab, hatte Caliskan aufgenommen.

Natalina Faraldo öffnete die Tür ihrer Zwei-Zimmer-Wohnung in der Pappenheimstraße in Neuhausen. Natalina bat die zwei Beamten herein.

»Entschuldigen Sie, dass ich Sie so spät noch belästige. Ich habe den ganzen Abend stundenlang vor dem Telefon gesessen und mit mir gerungen, ob ich Sie anrufe oder nicht. Ich bin aber zu dem Schluss gekommen, dass es wichtig sein könnte. Bitte setzen Sie sich! Darf ich Ihnen was anbieten? Einen Kaffee vielleicht?«

»Nein danke«, sagte Steinmayr. »Wenn wir jetzt noch Kaffee trinken, dann kriegen wir heute Nacht überhaupt keinen Schlaf mehr.«

»Ja, stimmt«, bestätigte Sonne, obwohl er eigentlich gerne noch eine Tasse getrunken hätte, aber nun seinem Kollegen nicht in den Rücken fallen konnte. Die Beamten setzten sich in zwei Sessel mit bunten Batikbezügen, Natalina nahm auf dem Sofa Platz. Dann wurde sie ernst.

»Wie gesagt: Ich bin mir nicht sicher, aber ich glaube, es ist wichtig.« Sie zupfte etwas nervös an ihrem Kinn. »Ich weiß nicht, wie ich anfangen soll. Ulrike Gellner ist meine Freundin. Und ich weiß, dass sie nichts mit dem Mord zu tun hat. Sie könnte keiner Fliege …«

»… etwas zu Leide tun«, vollendete Steinmayr ihre Floskel, die ihn kaum beeindruckte, weil sie selbst über psychopathische Massenmörder behauptet wurde.

»Sie wissen ja, dass ich ausgesagt habe, dass Ulrike den Abend des Mordes mit mir verbracht hat.«

»Und das stimmt nicht?«, fragte Sonne, der schon wieder ein Alibi zerplatzen sah.

»Doch, sie hat ein Alibi. Sie war an dem Abend in einer Therapiegruppe, das war ihr peinlich. Sie wollte es der Polizei nicht sagen. Daher bat sie mich um meine Aussage. Ich hatte keine Probleme damit, weil ich ja weiß, dass sie in dieser Gruppe ist.«

»Was für eine Gruppe ist das?«, fragte Steinmayr.

»Von Pro Familia. Für Frauen, die eine Abtreibung hatten und damit psychische Probleme bekommen haben.«

»Wann war das? Und wissen Sie, von wem das Kind war?«, fragte Steinmayr.

»Sie sprach von einer Operation.« Sonne erinnerte sich an Ulrikes Aussage, ohne zu erwähnen, dass er den Streit der beiden jungen Frauen belauscht hatte. »Sie hatte aus gesundheitlichen Gründen Drehtermine absagen müssen. So hatte sie es ausgesagt. Kann das die Abtreibung gewesen sein?«

»Möglich«, antwortete Natalina. »Sie hatte es in Holland in einer Privatklinik machen lassen. Sie wissen ja, dass das hier in Bayern nicht immer so einfach ist. Außerdem sollte niemand davon erfahren. Auch ihr Freund nicht.«

»Der Kindsvater?«, fragte Sonne.

»Davon gehe ich aus. Wer sonst?«

»Und warum hat sie ihm nichts erzählt?«, wollte Steinmayr wissen.

»Wir hatten einen Streit darüber. Ich habe ihr vorgeworfen, dass sie wegen ihrer Karriere abgetrieben hat. Ein Baby passte jetzt nicht in ihre Lebensplanung. Wissen Sie, ich komme aus einer streng katholischen italienischen Familie. Für mich ist Abtreibung Mord.«

»Schön und gut, Frau Faraldo«, sagte Steinmayr. »Aber warum kommen Sie jetzt damit? Ihnen ist klar, dass das eine uneidliche Falschaussage war!«

»Eben drum, ich wollte mich nicht in die Sache verstricken. Und weil ich weiß, dass Ulrike unschuldig ist … Ich denke, es ist besser für sie, dass das mit der Therapiegruppe bekannt wird, als dass sie wegen meines falschen Alibis in Verdacht gerät.«

Mit dem Alibi für Ulrike gibt sie sich auch selbst ein Alibi, kam es Sonne in den Sinn.

»Und wo waren Sie selbst zur Tatzeit?«, fragte er.

»Ich war wirklich zu Hause. Hier. Habe ferngesehen.«

Hätte sie ein Motiv, wäre es für sie besser gewesen, bei der Falschaussage zu bleiben, dachte Sonne. Daher war es unwahrscheinlich, dass sie die Täterin war. Doch noch viel weniger gefiel ihm der Gedanke, Ulrike könnte die Mörderin sein. Aber wenn sie wirklich in der Therapiegruppe war, dann war dies ein bombensicheres Alibi.

»Haben Sie Ihr Gewissen nun erleichtert, Frau Faraldo?«, fragte Steinmayr.

»Ja. Aber ich habe noch eine große Bitte. Müssen Sie Ulrike sagen, dass ich meine Aussage zurückgezogen habe? Ich meine, wenn das mit ihrer Gruppensitzung stimmt – und da können Sie sicher sein – dann ist es doch egal, oder? Alibi ist Alibi.«

»Trotz alledem werden Sie diese Aussage zu Protokoll geben müssen. Und ob es zu einem Verfahren wegen Falschaussage kommt, wird die Staatsanwaltschaft entscheiden müssen.«

»Diese Abtreibung«, hakte Steinmayr nach. »Ist es ausgeschlossen, dass da ein anderer Mann als ihr Freund im Spiel war?«

»Das kann ich mir nicht vorstellen. Ulrike flirtet gerne. Und sie genießt es, wenn Männer ihr hinterherschauen. Aber sie weiß gewöhnlich, wo ihre Grenzen sind. Also, ich weiß nicht, ob sie ihrem Jörg immer treu war, aber sicher ist, dass sie nicht mit jedem ins Bett geht, der gerne mit ihr ins Bett gehen würde.«

Sonne hätte diese Aussage ausführlich kommentieren können, hielt es aber für besser zu schweigen.

»Eine Frage hätte ich noch, Frau Faraldo«, sagte Steinmayr. »Sie sind doch Maskenbildnerin in den Bavaria-Studios. Für welche Produktion sind Sie tätig?«

»Vorwiegend für die Soap ›Liebe und Schmerz‹. Aber wir sind ein Pool von sechs Kolleginnen, die für die verschiedenen Produktionen auf dem Filmgelände jeweils angefordert und engagiert werden können.«

»Sind Sie auch für die Isar-Television tätig?«, wollte Sonne wissen. »Und speziell für den ›Isarbullen‹?«

»Eher selten, aber das kann vorkommen. Warum fragen Sie?«

Steinmayr beantwortete ihre Frage nicht, sondern stellte gleich die nächste: »Haben Sie die Schlüssel zu den Garderoben?«

»Ja, klar. Die brauchen wir aber selten. Denn meistens müssen wir ja nur rein, wenn die Schauspieler drin sind. Aber es kann schon mal sein, dass eine Tönung oder ein Makeup auf dem Schminktisch von Schauspieler A steht, der einen drehfreien Tag hat, und eben dieses Makeup für die Maske von Schauspieler B gebraucht wird. Für solche Fälle gibt es einen Generalschlüssel. Der hängt im Büro der Regieassistenz.«

»Und Sie können jederzeit auf diesen Schlüssel zugreifen? Unkontrolliert?«, fragte Sonne.

»Nicht unkontrolliert. Wir müssen schon in eine Liste eintragen, wenn wir den Schlüssel nehmen, und wieder austragen, wenn wir ihn zurückhängen.«

»Hatte Ulrike Gellner Zugriff auf den Schlüssel?«, wurde Steinmayr konkret.

»Nein, natürlich nicht. Darum hat sie mich ja auch gefragt …« Natalina Faraldo biss sich auf die Zunge. »Hätte ich das jetzt nicht sagen dürfen?«

»Was wollten Sie sagen? Was hat sie gefragt? Raus mit der Sprache«, sagte Steinmayr scharf.

»Naja, es hat doch nichts mit dem Fall zu tun. Ulrike hatte neulich bei einer Textprobe ihr Manuskript in Waldbauers Garderobe vergessen. Sie bemerkte es erst, als er schon weg war. Da bat sie mich um den Schlüssel. Ist doch nichts dabei, oder?«

»Ähm, möglicherweise ist nichts dabei«, sagte Sonne. »Haben Sie ihr die Tür aufgeschlossen oder haben Sie ihr den Schlüssel mitgegeben?«

»Ich hatte selber gerade viel zu tun. Daher gab ich ihr den Schlüssel, und sie versprach, ihn sofort wieder zurückzubringen. Kriege ich jetzt Ärger, weil ich den Schlüssel aus der Hand gegeben habe?«

Mit ihren treuen Augen blinzelte sie die Kommissare an, die nicht entscheiden konnten, ob sie ihnen perfektes Theater vorspielte oder wirklich so naiv war.

»Ärger bekommt möglicherweise jemand anders, Frau Faraldo. Es ist jetzt sehr wichtig, dass Sie morgen ein Protokoll unterschreiben«, sagte Steinmayr.

Und Sonne ergänzte mit Blick auf die Uhr: »Morgen? Ich würde eher sagen: nachher.«

7. Kapitel

Donnerstag, 13. März. 5.25 Uhr

Franz-Xaver Silbermann war ein Frühaufsteher. Sein Arbeitstag begann gewöhnlich um sieben Uhr im Büro. Das bedeutete, dass er bereits um fünf Uhr auf den Beinen war. Er war vor zwölf Jahren Witwer geworden, und damals hatte er damit begonnen, mit Zeitungslektüre und Radiohören zu frühstücken. Vor einigen Jahren hatte er das Radio durch das Frühstücksfernsehen ersetzt. Als er nun die Frühnachrichten auf München-TV sah, blieb ihm die Marmeladensemmel beinahe im Hals stecken.

»Schwer bewaffnete Spezialkräfte der Münchner Polizei haben gestern Abend Alfons Waldbauer alias Oberinspektor Diether Grieshaber verhaftet. Der ›Isarbulle‹ sitzt hinter Gittern.«

Silbermann drehte dem Fernsehreporter mit seiner Fernbedienung die Stimme lauter.

»Damit scheint der rätselhafte Mord an dem Fernsehregisseur Drahomir Tomasek geklärt. Die Polizei wollte jedoch bislang keine offizielle Stellungnahme abgeben. Die Ermittler hüllen sich in Schweigen. Erst am heutigen Vormittag sind aus dem Polizeipräsidium genauere Angaben zu dieser spektakulären Festnahme zu erwarten. Damit gebe ich zurück ins Sendestudio.«

Es folgte der Wetterbericht, für den Silbermann sich nun gar nicht interessierte. Er stand auf und nahm sein Telefon zur Hand. Die Nummer von Waldbauer hatte er gespeichert. Doch es meldete sich nur der Anrufbeantworter. Er wählte die Nummer von Brock. Der Regieassistent mit vorübergehender Regisseurfunktion wurde durch den Anruf aus dem Schlaf gerissen. Der Produzent ordnete den Abbruch der gesamten Dreharbeiten an. Silbermanns nächster Anruf galt seinem persönlichen Assistenten, dem er eine Pressemitteilung diktierte, die sofort an die Münchner Zeitungen sowie die Nachrichtenagenturen gefaxt werden sollte. In der Presseinformation teilte Silbermann mit, dass die Produktion der Reihe »Der Isarbulle« bis auf Weiteres eingestellt wurde.

Silbermann setzte sich wieder an seinen Frühstückstisch. Tränen flossen über sein Gesicht.

7.45 Uhr

Er hatte nicht viel Schlaf gehabt in der Nacht. Jürgen Sonne schaute vor Dienstbeginn im Döner-Laden vorbei, den er am vergangenen Abend so fluchtartig verlassen hatte. »Früstück ab 7 Uhr« stand auf dem Schild an der Tür. Der fehlende Buchstabe war Ausdruck des besonderen fremdländischen Charmes dieses Ladens.

»Tschuldigung«, sagte er zu dem Mann hinter der Theke und legte ihm drei Euro hin. »Habe ich gestern vergessen.«

»Nix Problem«, sagte der Türke und lachte. »Habe Döner aber nix aufgehoben.«

»Hast du einen Kaffee für mich?«, fragte Sonne und schämte sich im gleichen Moment dafür, dass er den Türken duzte. Doch dem schien das nichts auszumachen.

»Eine türkische Mokka. Extra stark. Für bezahlte aber weggeschmissene Döner.«

Sonne hatte es in der Nacht den Schlaf geraubt, dass er Waldbauer hinter Gitter gebracht hatte. Und nach der Aussage von Natalina Faraldo war seine Überzeugung von Waldbauers Schuld mehr als ins Wanken geraten. Doch dass Ulrike die Täterin sein könnte, konnte und wollte er nicht glauben. Er nahm einen Schluck Kaffee und verbrannte sich die Zunge. Alles hing jetzt von der Therapiegruppe ab. Sie hatten Caliskan beauftragt, von zu Hause gleich zu Pro Familia zu fahren, um sich die Teilnehmerliste vom vergangenen Freitag zeigen zu lassen. Sonne hatte sich schon mehrfach bei dem Gedanken ertappt, was gewesen wäre, wenn er Ulrike privat auf einer Party oder in der Trambahn kennengelernt hätte. Er war überzeugt, dass er sich wahrscheinlich nie getraut hätte, sie anzusprechen. Nun musste er die Finger von ihr lassen, bis dieser Fall zu den Akten gelegt war. Er ahnte, dass dieser Tag ihm Gewissheit in der Frage bringen würde, ob er Ulrike in ihrem Schlafzimmer oder im Schwurgericht wiedersehen würde. Ein Blick auf die Uhr sagte ihm: nur noch zehn Minuten bis Dienstbeginn. Er verabschiedete sich von dem freundlichen Türken und schlenderte die Bayerstraße entlang. Über den Hinterhof, wo die zivilen Einsatzfahrzeuge geparkt waren, betrat er das Dezernat.

»Morgen. Gut geschlafen?«, begrüßte ihn Steinmayr.

»Scherzkeks«, erwiderte Sonne. »Alles unter zehn Stunden Schlaf ist ungesund. Und weniger als vier Stunden gilt bei Amnesty International als Folter.«

»Kaffee?«, fragte Steinmayr.

»Ne, lass mal. Ich hab ein türkisches Frühstück hinter mir. Jede weitere Tasse Kaffee bringt mich an den Rand einer Koffeinvergiftung.«

In der Döner-Bude. Dort hatten die beiden schon manchmal nach nächtlichen Einsätzen das Morgengrauen begrüßt.

»Hakan ist schon unterwegs. Ich habe ihn telefonisch in der Geschäftsstelle von Pro Familia in der Türkenstraße angemeldet«, sagte Steinmayr.

»Du hast Hakan in die Türkenstraße geschickt. Das ist witzig«, sagte Sonne schmunzelnd.

Aber Steinmayr überging die Bemerkung: »Ich habe mit der Kursleiterin gesprochen. Sie kann sich an kein Gruppenmitglied namens Ulrike Gellner erinnern. Aber vermutlich hat sie sich nicht unter ihrem richtigen Namen angemeldet. Würde mich sogar nicht wundern, wenn sie mit einer Perücke hingegangen wäre. So peinlich wie ihr die Sache offenbar ist. Hakan hat ein Foto mitgenommen.«

»Ein Foto?«, wunderte sich Sonne. »Woher hast du so schnell ein Foto bekommen?«

Steinmayr druckste herum. »Ähem, ich war so frei …« Er blickte auf Sonnes Schreibtisch, wo am Vorabend noch die Autogrammkarte gelegen hatte. Sonne warf ihm für Sekundenbruchteile einen verärgerten Blick zu.

»Wenn sie ein Geständnis unterschreibt, ist die Unterschrift viel mehr wert«, sagte Steinmayr. »Ich habe übrigens für heute Mittag einen Termin beim Haftrichter ausgemacht. Die Staudinger weiß Bescheid.«

Die nächste halbe Stunde konnte Sonne sich nicht konzentrieren. Zum ersten Mal machte es ihn schon nervös, wenn sein Kollege am Schreibtisch gegenüber mit der Zeitung raschelte. Er holte nochmal die Vernehmungsprotokolle von Ulrike Gellner und Alfons Waldbauer hervor. Er las sie immer und immer wieder, auf der Suche nach dem entscheidenden Wort, das sie bislang übersehen hatten und das den wahren Täter überführte. Oder die wahre Täterin.

Das erste Telefonklingeln war nur Brandt, der Pressesprecher, der sich nach dem aktuellen Stand erkundigte. Als das Telefon wieder klingelte, war es Caliskan. Steinmayr nahm den Hörer ab. Das Gespräch dauerte nicht länger als zehn Sekunden. Dann stand Steinmayr auf und griff zu der Lederjacke, die über seinem Stuhl hing.

»Sorry, Jürgen. Aber wir müssen deiner Ulrike nochmal einen Besuch abstatten. Und es könnte sein, dass er diesmal nicht so nett endet wie dein letztes Date.«

»Warum? Was sagt Hakan?«

»Die Therapeutin hat die Frau auf dem Foto eindeutig wiedererkannt. Und genauso eindeutig erinnert sie sich, dass Ulrike Gellner am Freitag zum ersten Mal in der Runde gefehlt hat. Komm, wir fahren zu ihrer Wohnung.«

»Aber wir haben überhaupt keinen Durchsuchungsbeschluss«, entgegnete Sonne.

Steinmayr griff in seine Sakkotasche und zeigte ein Blatt Papier. »Doch, haben wir. Den habe ich in weiser Voraussicht beantragt. Und dem Richter versprochen, ihn in den Schredder zu geben, wenn Caliskans Nachforschungen anders verlaufen wären. Ist doch gut, wenn man zu den richtigen Leuten einen guten Draht hat.«

»Wer weiß, wozu du deinen guten Draht nochmal gebrauchen kannst, Herr Dezernatsleiter in spe. Aber was ist mit Waldbauer und dem Haftprüfungstermin?«, fragte Sonne.

»Ich würde sagen, wir lassen ihn laufen. Erstens bin ich fast überzeugt, dass die Mörderin weiblich, jung und blond ist …«

»Nur weil ihr Alibi falsch ist? Das war Waldbauers Alibi auch!«

»… und zweitens sind wir damit das Problem los, dass wir der Presse etwas erklären müssen. Ich bin von Waldbauers Unschuld nicht hundertprozentig überzeugt. Aber wie gesagt, er wird uns nicht davonlaufen können. Ein Prominenter wie er kann nirgendwo auf der Welt untertauchen. Aber dieses Mädchen … Jürgen, auch wenn du sie magst, da gibt es mir zu viele Ungereimtheiten!«

Steinmayr ordnete telefonisch an, dass Waldbauer aus seiner Zelle entlassen wurde. »Den Haftprüfungstermin sage ich aber noch nicht ab«, grummelte er zu Sonne. »Ist ja egal, ob wir Waldbauer oder die Gellner dem Haftrichter vorführen.«

Sonne konnte über die Bemerkung nicht lachen.

8.25 Uhr

Sie drückten den Klingelknopf neben dem Namensschild »Gellner/Lambeck«.

Hoffentlich ist keiner da, dachte Sonne. Doch seine Hoffnung wurde enttäuscht. Der Türsummer ertönte.

»Grüß Gott, was kann ich für Sie tun? Ach, Kollegen.« Jörg Lambeck hatte die Dienstausweise offenbar gleich erkannt. »Ich hätte nicht gedacht, dass Sie so schnell da sind. Das heißt … mit einem Hausbesuch hätte ich überhaupt nicht gerechnet. Ich dachte, wir regeln das auf der Dienststelle.«

Sonne und Steinmayr schauten sich fragend an, sagten aber beide nichts.

»Dürfen wir erst mal reinkommen?«, fragte Steinmayr.

»Ja, natürlich. Gehen Sie durch. Ich kann mir das immer noch nicht erklären. Das gibt bestimmt Ärger.«

Ohne sich anmerken zu lassen, dass er nicht verstand, worum es ging, fragte Sonne: »Ist Ihre Freundin nicht da? Frau Gellner?«

»Ulrike? Nein, sie ist nicht da. Aber was hat sie mit der Sache zu tun? Und überhaupt verstehe ich nicht, dass Sie schon hier sind. Ich habe erst vor einer halben Stunde den Fall in der Bamberger Dienststelle gemeldet.«

»Ehrlich gesagt weiß ich nicht, wovon Sie reden, Herr Lambeck«, sagte Steinmayr. »Wir sind übrigens von der Mordkommission.«

Der junge Mann erschrak und wurde leichenblass. »Mordkommission? Sie meinen, es ist jemand mit meiner Munition …« Er setzte sich in den Sessel.

»Jetzt erzählen Sie uns endlich, was Sie auf der Dienststelle in Bamberg gemeldet haben. Sie sind bei der Bepo, oder?«

»Jetzt verstehe ich nicht«, sagte Lambeck. »Sie wissen gar nichts davon? Warum sind Sie dann hier? Ich habe heute den Verlust von acht Kugeln Munition gemeldet. Wie gesagt, ich weiß nicht, wie das passieren konnte.«

»Munition? Verlust? Jetzt mal ganz langsam, mit was für einer Waffe schießen Sie?«, fragte Sonne.

»Wir haben die Standardwaffe, die P10 von Heckler&Koch, neun mal neunzehn Millimeter. Jeder hat sechzehn Schuss scharfe Munition, einzeln abgezählt. Ich hatte sie in die Schublade meines Nachtschränkchens gelegt. Letzte Woche, als ich drei Tage am Stück freihatte. Als ich dann wieder zum Dienst musste, habe ich morgens verschlafen. Weil ich den Zug kriegen musste, ging es sehr hektisch zu. Ich sprang in meine Uniform, packte meine Reisetasche und spurtete zum Bahnhof. Erst als ich schon in der Bahn saß, fiel mir auf, dass ich die Kugeln nicht eingesteckt hatte.«

»Und warum haben Sie das nicht sofort gemeldet?«, fragte Steinmayr.

»Ist doch klar. Weil dann rausgekommen wäre, dass ich die Munition ungesichert zu Hause aufbewahrt habe. Das ist strafbar. Den Paragrafen werden Sie selbst kennen. Ich ging davon aus, dass ich in diesen vier Tagen Dienst keine scharfe Munition brauchen würde. Und als ich gestern Abend heimkam, öffnete ich die Schublade. Sie war leer. Aber es gibt keine Spuren für einen Einbruch. Ich verstehe das einfach nicht.«

»Wer hat noch Zugang zu dieser Wohnung?«, fragte Sonne.

»Außer Ulrike und mir nur die Putzfrau. Und die Nachbarn rechts neben uns haben einen Schlüssel, damit sie die Blumen gießen können, wenn wir im Urlaub sind. Aber die würden nie unerlaubt die Wohnung betreten.«

»Wo hält sich Ihre Freundin jetzt auf, Herr Lambeck?«, wollte Steinmayr wissen.

»Keine Ahnung. Ich nehme an, sie dreht. Wissen Sie, wir sind nicht immer genau darüber informiert, was der andere gerade tut.«

»Noch eine andere Frage«, sagte Steinmayr und bemühte sich um einen einfühlsameren Tonfall. »Ist Ihnen bekannt, dass Frau Gellner vor kurzem einen Schwangerschaftsabbruch durchführen ließ?«

»Unsinn«, erwiderte er. »Da müssen Sie sich täuschen. Eine Abtreibung? Unmöglich.«

»Wir täuschen uns nicht, Herr Lambeck«, sagte Steinmayr. »Sie war in einer Klinik in Holland.«

»Ja, sie war für ein paar Tage weg, in einer Klinik in Holland, das stimmt. Aber da ging es um ihre … naja, ihre … eine kosmetische Sache halt. Im Übrigen macht eine Abtreibung nur Sinn, wenn man schwanger ist. Und davon kann keine Rede sein. Wir hatten seit fast einem halben Jahr keinen Sex mehr. Wenn Sie es schon genau wissen wollen!«

»Entschuldigen Sie, wenn ich das frage«, sagte Steinmayr. »Hat Ihre Freundin ein Verhältnis?«

»Nicht, dass ich wüsste.«

»Dann muss ich anders fragen: Halten Sie es für möglich, dass Sie ein Verhältnis hat, von dem Sie nichts wissen?«

»Möglich. Unsere Beziehung kriselt seit einiger Zeit. Aber um Himmels Willen, jetzt sagen Sie mir endlich, um was es hier geht!«

»Es geht um Mord. Mord an dem Regisseur Tomasek«, sagte Steinmayr.

Und Sonne fügte hinzu: »Und Ihre Freundin ist jetzt unsere Hauptverdächtige.«

»Großfahndung, oder?«, sagte Steinmayr zu Sonne, als beide vor der Wohnung von Ulrike Gellner wieder im Auto saßen.

Sonne standen die Stoppelhaare zu Berge bei dem Gedanken, Ulrike würde von schwer bewaffneten Spezialkräften überwältigt und abgeführt werden. Er musste sich langsam damit anfreunden, sich in eine Mörderin verliebt zu haben.

»Ich habe eine Idee, wo sie sein könnte«, sagte Sonne. »Gib mir eine halbe Stunde. Allein.«

»Was hast du vor? Wo soll sie sein?«

»Sie vertraut mir. Wenn sie jemandem die Wahrheit sagt, dann mir. Außerdem ist sie unbewaffnet.«

Steinmayr dachte kurz nach. »Ich vertraue dir auch«, sagte er dann. »Du wirst wissen, was du tust. Aber wenn das schiefgeht, dann kann ich meine Beförderung knicken, das weißt du.«

»Aber wenn es gut geht, dann machen sie dich direkt zum Polizeipräsidenten.« Eigentlich war Sonne gar nicht zum Scherzen zumute.

»Also gut. Eine halbe Stunde«, verkündete Steinmayr. »Aber sag mir, wo du bist. Ich bleib in der Nähe.«

»Danke, Horst«, sagte Sonne und klopfte seinem Kollegen mit ernstem Gesicht freundschaftlich auf die Schulter.

»Eine Überdosis Schlaftabletten – Das Ende des Isarbullen« – die Worte waren hinter dem Nachrichtensprecher von München-TV unter dem Foto von Waldbauer eingeblendet. Der Ton des Fernsehapparats in Frank Litzkas Krankenzimmer war leise gedreht. Der Mann im Krankenbett neben ihm schlief. Er hatte noch kein Wort mit ihm gewechselt, seitdem er von der Intensivstation des Klinikums Großhadern auf ein normales Krankenzimmer verlegt worden war.

»Sie haben Glück gehabt«, hatte ihm die Krankenschwester gesagt, als er nach der Operation aus der Narkose aufgewacht war. Die medizinischen Fachbegriffe für seine Verletzungen hatte er sich nicht merken können. Aber dem Gesicht der Schwester konnte er ansehen, dass er wirklich Glück gehabt hatte. Er konnte sich nicht mehr an alles erinnern. Die Straße. Das Auto. Dann nichts mehr. Schwester Natascha hatte ihm erzählt, dass er einen Unfall hatte. Und dass die Polizei mit ihm sprechen wollte. Auf dem Tisch neben seinem Bett stand ein frischer Blumenstrauß in einer Vase. Er blickte wieder auf den Fernsehschirm, wo immer noch vom »Ende des Isarbullen« berichtet wurde. Die Erinnerung kam langsam wieder. Der »Isarbulle«. Der Mord. Tomasek. Waldbauer. Steinmayr. Sonne. Lohmann. Schlaftabletten. »Den machen wir fertig«, hatte der Chefredakteur gesagt. Und jetzt hatte Waldbauer Selbstmord begangen? Sein Herz raste. Schweißperlen traten auf seine Stirn. Hatte er mit seinem journalistischen Ehrgeiz einen Menschen in den Tod getrieben?

Er klingelte nach der Schwester. Sie war in wenigen Augenblicken bei ihm.

»Herr Litzka, alles in Ordnung?«

»Schwester, bitte drehen Sie den Fernseher lauter!«

Er versuchte sich aufzurichten, spürte einen stechenden Schmerz am ganzen Körper und sackte gleich wieder zusammen.

»Sie dürfen sich weder anstrengen noch aufregen«, sagte die Dunkelhaarige mit dem Pferdeschwanz und betätigte den Lautstärkeregler. Litzka schloss die Augen, während er zuhörte, was der Reporter berichtete.

»Erst der schreckliche Mord bei den Dreharbeiten. Dann die

Festnahme des Hauptdarstellers. Jetzt eine Überdosis Schlaftabletten. Alfons Waldbauer, Hauptdarsteller der bekannten Krimi-Reihe ›Der Isarbulle‹, hat einen Selbstmordversuch unternommen. Offenbar war der Druck zu groß. Die Putzfrau fand ihn vor wenigen Stunden leblos in seinem Haus. Zuvor war er nach offiziell unbestätigten Informationen unseres Senders als Hauptverdächtiger im Mordfall Tomasek auf der Flucht verhaftet worden. Warum er dennoch am gleichen Tag offenbar wieder auf freien Fuß gesetzt wurde, ist unklar. Die Polizei verweigert bislang jede Stellungnahme. Der 68-Jährige wurde sofort in die Uniklinik Großhadern eingeliefert. Er ist inzwischen außer Lebensgefahr. Aber für die Serie bedeuten die Ereignisse das Ende. Produzent Silbermann erklärte unserem Sender …«

»Außer Lebensgefahr? Er lebt?«, fragte Litzka, und sein Gesicht entspannte sich. »Wenn er gestorben wäre, dann wäre ich jetzt ein Mörder.«

»Was reden Sie denn da, Herr Litzka!« Die Schwester schüttelte den Kopf. »Ich hätte den Fernseher ausschalten müssen. Sie sind noch ganz wirr. Legen Sie sich bitte wieder hin.«

»Vom wem sind diese Blumen?«, fragte er.

»Die Blumen hat heute früh ein Kurier gebracht.« Sie zeigte ihm die Karte, die mit abgegeben worden war: »Mit den besten Genesungswünschen. Wir sind stolz auf dich! Lohmann«, stand dort mit der unverkennbaren Handschrift des Chefredakteurs geschrieben.

»Schwester, ich möchte Sie noch um etwas bitten.«

Sie schaute ihn fragend an. »Ja?«

»Können Sie rauskriegen, wo dieser Waldbauer hier in der Klinik liegt?«

»Das dürfte kein Problem sein.«

»Dann bringen Sie ihm doch bitte diesen Blumenstrauß. Und sagen Sie dazu: von Frank Litzka. Es tut ihm alles unendlich leid.«

11.55 Uhr

Das Sonnenlicht spiegelte sich im Kleinhesseloher See. In wenigen Wochen würden sich wieder die ersten Nackerten trotz der noch wenig frühlingshaften Temperaturen den zaghaften Sonnenstrahlen hingeben. Die Studenten würden auf den Wiesen ihre Decken ausbreiten und ihre Lehrbücher auspacken. Alleinstehende würden mit ihren Hunden den Englischen Garten bevölkern, Senioren am See spazieren und die Enten füttern, verliebte Pärchen Hand in Hand die Isar entlang promenieren.

Doch jetzt war es still im Park. Eine Ente schnatterte auf dem See. Ein Obdachloser lag schlafend auf einer Parkbank, wo er offensichtlich bereits die ganze Nacht verbracht hatte. Zwei Bänke weiter links saß eine junge Frau. Sie hatte ihre blonden Haare zusammengesteckt und trug eine ausgewaschene Jeansjacke. Trotz ihres aschgrauen Gesichts und ihrer tiefen Augenringe strahlte sie für Sonne eine ungeheure Schönheit aus.

»Redest du mit Alfred?«, fragte er, als er sich zu ihr setzte.

Sie erschrak und zuckte zusammen. Doch die bekannte Stimme schien sie zu beruhigen.

»Was machst du hier?«, fragte sie.

»Was hast du Alfred erzählt?«, antwortete er mit einer Gegenfrage.

»Ich habe ihm gesagt, dass ich ihn beneide. Um sein sorgloses Leben. Einfach nur auf dem See schwimmen und sich füttern lassen. Ich wünschte, es wäre alles ein Traum, aus dem ich gleich aufwache.«

Eine Träne rollte über ihr ungeschminktes Gesicht. Sie legte wie selbstverständlich ihren Kopf an seine Schulter. Ihr Haar duftete nach Kokosmilch. Er streichelte ihr sanft über den Hinterkopf. Sie unterbrach die Stille mit den Worten: »Du Jürgen, ich hab dich sehr gern.«

Er antwortete nicht, fühlte sich hilflos, wusste keine Worte. Dies war kein Rendezvous.

»Weiß Alfred von der Abtreibung?«

Sie löste schlagartig den Kopf von seiner Schulter und starrte ihn an. »Woher weißt du?« Dann blickte sie auf den See und fügte seufzend hinzu: »Ich vergaß, du bist ein Bulle. Du bist sicher ein guter Bulle, oder? Hast du bislang jeden Fall gelöst?«

Er überging ihre Frage. »Wir wissen, dass du in eine Therapiegruppe gehst. Und wir wissen, dass das Kind nicht von deinem Freund war.«

»Jetzt ist es ein Verhör, oder?«

Er fühlte sich unwohl, wäre am liebsten weggelaufen.

»Wenn diese Abtreibung und das falsche Alibi nichts mit dem Fall zu tun haben, dann sag es mir jetzt. Wenn du unschuldig bist, musst du jetzt reden, Ulrike! Du kannst mir doch vertrauen!«

Seine Worte waren mehr an ihn selbst gerichtet. Er griff nach dem letzten Strohhalm: der Hoffnung, dass sich alles nur als große persönliche Tragödie einer jungen Frau herausstellte, die jedoch keine Mörderin war.

»Er hat mich vergewaltigt«, sagte sie ganz unvermittelt.

»Wer?«

»Tomasek.«

»Tomasek hat dich vergewaltigt?«

»Das Schwein. Er konnte es nicht verkraften, dass er mich nicht haben konnte so wie alle anderen.«

Es waren nur Zentimeter, die sie auf der Parkbank von ihm wegrückte. Doch er empfand diese Distanz als meilenweit.

»Er war ein mieses Schwein. Anfangs steckte er mich bei Dreharbeiten in extrem nuttige Flittchen-Klamotten, obwohl es überhaupt nicht zum Drehbuch passte. Minirock, Netzstrümpfe und hautenges Oberteil wollte er haben. Und als wir die Szene unter einem Vorwand zehnmal gedreht hatten, überlegte er es sich doch anders und ließ mich wieder Jeans und Bluse anziehen.«

»Und was haben die anderen im Team dazu gesagt?«

»Die haben sich amüsiert. Alle wussten, dass ich von ihm abhängig war. Ich wollte ins ernsthafte Fernsehgeschäft, und da war ich auf diese Rolle angewiesen. Ich konnte doch nicht einfach alles hinschmeißen. Ich hatte ja keine anderen Rollenangebote. Als Soap-Sternchen bist du doch in der Branche ein Nichts, solange du nicht beweist, was du wirklich kannst.«

Als wollte sie ihr Mitgefühl ausdrücken, schnatterte die Ente auf dem Wasser laut. Ulrike musste kurz lächeln, dann brach sie in Tränen aus.

»Später machte er zweideutige Bemerkungen. Mein Freund sei doch immer weg, ob ich nicht abends einsam sei und mal mit ihm essen gehen wollte. Ich lehnte aber immer ab. Als er einmal erwähnte, er würde sich mal eine schöne Nacktszene für mich ausdenken, erwiderte ich, er solle seine sexuellen Phantasien doch im Pornokino ausleben. Danach war eine Weile Ruhe. Ich dachte, es wäre ausgestanden.«

Sonne wollte seinen Arm um ihre Schulter legen, hielt es aber doch für unangebracht.

»Dann kam diese Einladung«, fuhr sie fort. »Er fragte mich, ob ich zu seiner Weihnachtsfeier kommen wollte. Er habe das ganze Team in seine Villa zu einem gemütlichen Abend eingeladen. Ich dachte, das wäre vielleicht ein Versöhnungsangebot von ihm. Also ging ich hin. Als ich mich wunderte, dass ich die Einzige war, sagte er, ich hätte mich vertan und sei eine halbe Stunde zu früh gekommen. Er gab mir schon mal ein Glas Wein zu trinken. Ich vermute, dass er etwas hineingetan hat, denn ich war schon nach dem ersten Glas völlig hinüber. Vermutlich K.o.-Tropfen oder so.«

»Und seine Frau war nicht da?«

»Nein, sie war für ihre Partei unterwegs, sagte er.«

»Und die anderen Gäste sind nicht gekommen?«

»Nein, ich war auf eine miese Masche von ihm reingefallen. Ich könnte mich ohrfeigen dafür, wie naiv ich gewesen bin. Er hat es nur auf eins angelegt.«

Jetzt legte er doch den Arm um sie.

»Den ganzen Abend hat er mich vergewaltigt. Immer wieder und wieder. Ich wollte mich wehren und schreien. Aber ich war wie betäubt, ja fast wie gelähmt. Dennoch habe ich jede Sekunde miterlebt. Es war die Hölle, er hat mich so gedemütigt. Das Schlimmste waren seine Worte, kurz bevor er voller Erschöpfung neben mir einschlief. Er sagte: ›Gib zu Mädchen, dass es dir gefallen hat. So bist du doch bestimmt noch nie gevögelt worden.‹ Jürgen, du kannst dir nicht vorstellen, wie ich ihn gehasst habe.«

Sonne wusste, dass es hohl klingen würde, wenn er jetzt sein Verständnis ausdrücken würde. Daher sagte er nichts, sondern drückte nur ihren Kopf gegen seinen Oberkörper. Er streichelte durch ihre Haare.

»Warum hast du ihn nicht angezeigt?«, fragte er.

»Weil er gesagt hätte, ich hätte ihn verführt, um eine Rolle zu bekommen. Mein Hass gegen diesen Mann war unendlich groß, er hat jedes andere Gefühl in mir überlagert. Ich habe an nichts anderes mehr gedacht. Ich habe sogar überlegt, aus München wegzugehen. Nach Köln oder Berlin.« Sie wischte sich die Tränen aus den Augen. »Als mir dann ständig übel wurde, schob ich es zunächst auf die nervliche Belastung. Aber bald war klar, dass ich schwanger war.«

Sonne ahnte, wie die Erzählung weiterging. Und er wusste, dass er Verständnis für ihr Handeln haben würde. Er merkte, wie sehr sie ihm vertraute. Er fühlte sich schlecht dabei. Wollte er ihr Vertrauen ausnutzen, um sie hinter Gitter zu bringen? Er könnte auch aufstehen und gehen. Sie laufen lassen. Er überlegte, ob Steinmayr ihn aus der Ferne beobachtete. Wenn er sie gehen ließe, würde er seinen Job riskieren. Er liebte seinen Beruf über alles. Doch in ihm wuchs die Sicherheit, dass er auch diese Frau liebte. Eine Frau, die kurz davor war, ihm einen Mord zu gestehen.

»Hast du ihn umgebracht?«, fragte er ganz direkt, weil er die Situation kaum noch aushielt.

»Er hat mich umgebracht«, antwortete sie. Und es war wieder Stille. Dann fuhr sie fort: »Durch die Sache mit meinem Onkel … Ich habe nie ein normales Verhältnis zu Männern entwickeln können. Als ich zum ersten Mal mit einem Mann geschlafen habe, hatte ich schon zwei Jahre den Führerschein. Ich hatte Depressionen, habe sogar an Selbstmord gedacht. Mit Jörg habe ich dann einen lieben Freund gefunden, der mir half, langsam das Grauen zu überwinden und zu verarbeiten. Jörg wurde so was wie mein bester Freund. Das ist keine Basis für eine Beziehung. Und dann kam Tomasek und hat alles wieder aufgerissen. Er hat mein Leben zerstört. Und er hätte auch meine Karriere zerstört, wenn ich das Kind bekommen hätte.«

»Dann hast du ihn erschossen?«

»Es war alles so leicht. Waldbauer hat bei jeder Gelegenheit erwähnt, dass er eine echte Polizeiwaffe besitzt. Es war auch kein Problem, an sie heranzukommen, mit Natalinas Schlüssel.«

»Und die Munition hattest du von deinem Freund?«

»Ja, der Schussel hat sie immer wieder in der Wohnung vergessen. Und wie man mit der Pistole umgeht, hat er mir nach seinen ersten Schießübungen in der Ausbildung ausgiebig demonstriert. Es war alles so einfach.«

»Und du hast einfach zugesehen, dass Waldbauer in Verdacht geriet?«

»Es war zunächst nicht meine Absicht. Aber als es sich so entwickelte, war es mir natürlich recht. Er hat mich auch nicht immer gut behandelt. Hat mich vor der versammelten Mannschaft lächerlich gemacht. Wegen meiner Soap-Vergangenheit. Er bezeichnete mich immer als das Mädel von der Laienspielschar.«

»Er hat einen Selbstmordversuch begangen. Seine Frau hat ihn verlassen und ist zu einer Verbrecherin geworden. Ulrike, was hast du nur getan. Du hast so viel zerstört!«

Sie schluchzte erneut, schaute in seine Augen und fragte: »Jetzt musst du mich festnehmen, oder?«

Er wich ihrem Blick aus. »Was soll ich denn tun? Dich laufen lassen? Meine Kollegen würden eine Großfahndung auslösen und dich in kürzester Zeit fassen.«

»Ich weiß. Auch wenn es seltsam klingt. Ich bin froh, dass ich dich kennen gelernt habe. Ich habe noch nie einen Mann gekannt, der so zuhören kann wie du. Erlaubst du, dass ich dich küsse?«

Sonne überlegte wieder, ob Steinmayr ihn beobachtete. Aber schon hatte sie ihre Lippen auf seinen Mund gedrückt. Er schloss seine Augen und vergaß für einen Moment alles um ihn herum. Ihre Arme umgriffen seinen Oberkörper, ihre Hände glitten in die Innenseite seiner Jacke und streichelten ihn zärtlich. Wie lange hatte er solche Küsse nicht mehr gespürt! Er wusste, dass dies in wenigen Augenblicken zu Ende sein würde. Und so genoss er Ulrikes Zärtlichkeit. Im Nu war jede Romantik verflogen, als sie mit seiner Waffe vor ihm stand. Als hätte sie es schon tausend Mal getan, entsicherte sie die Heckler&Koch, die sie unter seiner Jacke aus dem Pistolenhalfter gezogen hatte.

»Ulrike! Spinnst du? Was soll das?«

Sie ging zwei Schritte zurück, die Pistole auf ihn gerichtet. Kein Mensch war in der Nähe. Nur der Landstreicher zwei Bänke weiter schlief tief und fest.

»Verzeih mir, Jürgen. Ich hab dich gern. Du bist mir so nah. Du weißt jetzt so viel von mir.«

»Ulrike, gib mir die Pistole. Möglicherweise hat mein Chef hier schon ein Spezialkommando postiert. Vielleicht stehen da hinter den Bäumen Scharfschützen mit Präzisionsgewehren!«

Er hatte Todesangst. Aber noch viel mehr als die Pistole in ihrer Hand beunruhigte ihn der Gedanke, dass er mit seinen Worten Recht haben könnte. Steinmayr hatte gesagt, er wolle in der Nähe bleiben. Vielleicht zielte er gerade selbst mit seiner Waffe auf Ulrike.

Sie weinte, er konnte ihre Worte kaum verstehen: »Wenn ich jetzt abdrücke, werden sie mich dann erschießen?«

»Ulrike, bitte! Du machst dich unglücklich. Denk an deine Zukunft!« In dem Moment, als er dies gesprochen hatte, war ihm klar, dass sie seine Worte als Hohn empfinden musste.

Sie drückte ab. Der Schuss peitschte durch die Stille des Englischen Gartens. Ein Dutzend Enten schrak auf und flatterte davon. Der Landstreicher schlief weiter. Sonst geschah nichts.

»Los, erschießt mich!«, rief sie in die Ferne. Ihre Stimme überschlug sich. »Ich knall euren Kollegen ab, wenn ihr mich nicht erschießt!«

Doch nichts geschah. Sie machte langsam zwei weitere Schritte rückwärts. Sonne war nun sicher, dass kein Spezialkommando in der Nähe war. Mit einem gezielten finalen Rettungsschuss hätten sie die Szene in diesem Moment beendet. Die Zielperson stand mehrere Meter von ihrem Opfer entfernt. Eine Situation wie im Lehrbuch. Die Präzisionsschützen waren ausgebildet, mit einem einzigen Schuss die kleine Stelle auf der Stirn zu treffen, wo das Geschoss in einer tausendstel Sekunde das Gehirn zertrümmert und die Zielperson durch einen »Wirkungstreffer im Vitalbereich« reaktionsunfähig macht. Finaler Rettungsschuss hatte das im Polizeilehrgang geheißen. Sonne bangte um das Leben von Ulrike. Und um sein eigenes.

»Verzeih mir, Jürgen«, sagte sie noch einmal. »Aber ein Polizist darf keine Mörderin lieben.«

Sie ließ die Hand mit der Waffe sinken, dann setzte sie den Pistolenlauf an ihre eigene Schläfe.

»Nein!«, schrie er lauthals, machte zwei große Sätze und warf sich mit seinem ganzen Gewicht gegen ihren Körper. Sie verlor die Waffe aus der Hand und sie stürzten beide in den See, der jedoch so flach war, dass Sonne schnell mit beiden Beinen wieder auf dem Grund stand. Er umklammerte Ulrike und drückte sie an seinen Körper.

»Du darfst nicht sterben«, flüsterte er ihr ins Ohr.

»Deine halbe Stunde ist um«, ertönte eine Stimme vom Ufer. Steinmayr hob Sonnes Pistole auf. »Das war knapp, oder? Sie hätte dich beinahe umgebracht.«

»Quatsch«, sagte Sonne. »Sie hat bewusst danebengeschossen. Du hast alles beobachtet?«

»Zeitweise habe ich diskret weggeschaut«, sagte er. »Leider habe ich für euch aber kein Handtuch dabei.« Und zu Ulrike Gellner gewandt, fuhr er fort: »Frau Gellner, Sie sind festgenommen wegen des dringenden Tatverdachts, Drahomir Tomasek aus Rache ermordet zu haben.«

Sommer schaute weg, als Steinmayr ihr Handschellen anlegte.

»Ich möchte jetzt gerne allein sein«, sagte Sonne zu Steinmayr und setzte sich mit seiner nassen Kleidung auf die Parkbank. Die Sonnenstrahlen trockneten seine Haut.

»Du erkältest dich«, sorgte sich Steinmayr. »Aber mach, was du meinst. Wir sehen uns im Büro.«

Steinmayr führte Ulrike Gellner ab. Sie drehte sich im Gehen noch einmal zu Sonne um und sagte: »Jürgen, danke für alles.«

Noch lange gingen ihm diese Worte durch den Sinn.

Epilog

Ulrike Gellner wurde von der Großen Strafkammer am Landgericht München I wegen Mordes zu zehn Jahren Haft verurteilt und im Frauengefängnis Aichach inhaftiert. An ihrer vollen Schuldfähigkeit wurde nicht gezweifelt. Sie habe den Mord aus Rache geplant, sodass eine Verurteilung wegen vorsätzlichen Totschlags – wie von der Verteidigung gefordert – nicht in Frage komme, urteilte das Schwurgericht. Da sie bisher nicht straffällig wurde, kann sie bei guter Führung nach siebeneinhalb Jahren mit einer vorzeitigen Entlassung rechnen.

Jörg Lambeck wurde zu einer Bewährungsstrafe verurteilt, weil er seine Polizeimunition aus der Hand gegeben und nicht sicher aufbewahrt hatte. Er verliebte sich bald in eine blonde Polizeikollegin.

Frank Litzka bekam die lang ersehnte Festanstellung bei der ATZ, wo er bald zum Vize-Lokalchef avancierte. Mit Polizeireportagen hatte er nur noch wenig zu tun.

Christina Lindinger-Tomasek wurde bei der nächsten Kommunalwahl nicht wieder in den Stadtrat gewählt. Von dem Geld, das ihr Mann ihr hinterließ, beteiligte sie sich an einer Boutique auf der Maximilianstraße. Nebenbei schreibt sie Kriminalromane.

Horst Steinmayr trat die Nachfolge Maurers als Leiter des Dezernats 11 an. Den gemeinsamen Fußballabenden mit seinem Freund Jürgen Sonne tat dies jedoch keinen Abbruch. Sonne wurde zum Ersten Hauptkommissar befördert und übernahm die Leitung der Mordkommission vier, nachdem deren Chef pensioniert wurde.

Franz-Xaver Silbermann musste seine Produktionsfirma an einen Münchner Medienkonzern verkaufen, nachdem der »Isarbulle« eingestellt worden war und er vom öffentlich-rechtlichen Fernsehen keine Aufträge mehr bekam. Er lebt heute in einem Haus in Pöcking am Starnberger See von den Honoraren für die Wiederholungen seiner Krimi-Serien im Spätabendprogramm und zehrt von seinem in Jahrzehnten angehäuften Vermögen.

Im Prozess gegen Waltraud Waldbauer stellten Gutachter schwere psychische Störungen fest. Sie wurde wegen gefährlichen Eingriffs in den Straßenverkehr in Tateinheit mit schwerer Körperverletzung verurteilt und in psychiatrische Behandlung nach Haar geschickt.

Alfons Waldbauer verschwand zunächst von der Bildfläche und verkaufte sein Haus in Gauting. Er zog sich in seine Heimatstadt Traunstein zurück, wo er einige Jahre lang unauffällig lebte und später gelegentliche Theaterengagements auf kleinen Bühnen wahrnahm.

Wie es mit Sonne, Steinmayr und Litzka weitergeht, lesen Sie im zweiten Fall »Schwarzgeld«.

Nachwort zur Neuauflage

Mein 2003 erschienener Debütkrimi »Der Isarbulle« basierte auf einer Drehbuchidee, die ich gemeinsam mit meinem Freund Thomas Grimmer entwickelt hatte. Ich konnte damals nicht ahnen, dass bis heute sieben weitere Kriminalromane und zahlreiche Kurzkrimis folgen würden. Ich danke daher heute nochmal besonders allen, die mir damals beim Start ins Autorenleben geholfen haben, zumal ich in der Reihe München-Krimi des Emons-Verlags in große Fußstapfen stieg. Denn die ersten beiden Bände in dieser Reihe hatte Friedrich Ani geschrieben, von dem das vorangestellte Motto zu diesem Buch stammt und der mich nach dem Erscheinen des »Isarbullen« mit motivierenden Worten zum Weitermachen ermunterte. Ich danke auch allen Gesprächs- und Interviewpartnern, die mir bei meinen Recherchen alle Fragen beantwortet haben. Udo Nagel brachte mir seinerzeit als Chef des Münchner Morddezernats die Polizeiarbeit näher; der daraus folgende Artikel »Der echte Derrick hat keinen Harry« wurde zu einem meiner am weitesten verbreiteten Zeitungsartikel. Horst Tappert, Fritz Wepper, Wilfried Klaus, Ulf J. Söhmisch, Wolfgang Maria Bauer und Helmut Ringelmann gaben mir in ausführlichen Interviews Einblick hinter die Kulissen der Welt der Fernsehkrimis.

»Der Isarbulle« war ein Debüt, und heute würde ich gewiss vieles anders oder gar nicht schreiben. Über den einen oder anderen handwerklichen Anfängerfehler amüsiere ich mich jetzt selbst. Dennoch habe ich das Manuskript beim Überarbeiten weitgehend unverändert gelassen und nur Passagen angefasst, die heute irritieren würden, zum Beispiel wenn Jürgen Sonne sich freut, bei der bevorstehenden Fußball-WM in der Nähe des Eröffnungsspiels zu wohnen, oder wenn Späße über Prominente gemacht werden, die inzwischen verstorben sind.

Auch den Sitz des Dezernats 1 habe ich in der Bayerstraße belassen, obwohl die Münchner Mordermittler in den vergangenen zehn Jahren zwei Mal umgezogen sind und inzwischen in der Hansastraße residieren.

Unverändert gelassen habe ich auch mein einstiges Lieblingslokal, das »Thalkirchner«, das vor einigen Jahren leider einem Edel-Türken weichen musste. Doch das Thalkirchner Schnitzel wird in diesem Buch weiterleben!

Ich danke auch meinen Kindern Saskia, Adrian und Antonia (in der Reihenfolge des Erscheinens) und meiner zauberhaften Frau Nadine, dass es sie gibt.

München, im Mai 2012
Harry Luck

Leseprobe »Schwarzgeld«

Sie regelten zuerst das Finanzielle.

»Französisch, Verkehr, hundert Euro, wie immer?«, fragte Sandy.

Er wusste, dass Sandy nicht ihr richtiger Name war. Aber schließlich nannte er sich vor ihr auch immer nur Tom, obwohl er Rudolf Schuster hieß und stellvertretender Filialleiter bei der Sparkasse in Wolfratshausen war. Er behauptete immer, er sei Autohändler und verkaufe Sportwagen. Er fand, das klang gut.

»Ja, wie immer«, sagte er und steckte ihr einen Hundert-Euro-Schein zu, den sie sofort unauffällig in ihrer kleinen roten Handtasche verschwinden ließ. Die Farbe der Handtasche passte zu ihren Fingernägeln und dem knallroten Lippenstift. Während er sich fragte, ob sie wie beim letzten Mal auch wieder die roten Spitzendessous tragen würde, legte er mit drei gekonnten Handgriffen die Rückbank seines Kombis um und machte aus seiner Familienkutsche ein kleines Liebesnest. Das war zwar weniger bequem als Sandys Appartement im Bordell La Luna in der Machtlfinger Straße, aber die über dreißig Kilometer weite Fahrt nach München wäre für den einundfünfzigjährigen Familienvater schwieriger zu vertuschen gewesen als der monatliche Ausflug zum Rasthof Höhenrain an der A 95, den er daheim als Krankengymnastiktermin tarnte, um sich anschließend neben seine Frau in das heimische Ehebett zu legen. Und in den hundert Euro war Sandys Anfahrt inbegriffen. Für dasselbe Programm nahm sie an ihrem festen Arbeitsplatz nur die Hälfte. Um sein Gewissen zu besänftigen, überwies er jeden Monat denselben Betrag, den er bei Sandy ließ, der Caritas – als gute Tat. Seit anderthalb Jahren schon traf er sich regelmäßig und ausschließlich mit Sandy. Damit gelang ihm bei dieser Prostituierten das, was in seiner Ehe schon lange nicht mehr möglich war: sexuelle Treue.

»Gut schaust heute wieder aus«, sagte er, um irgendetwas zu sagen und nicht gleich anzufangen.

»Du auch, Süßer«, hauchte sie. Und er wusste, dass auch dieses Kompliment im Preis inbegriffen war.

Der Autobahnparkplatz war menschenleer. Das nahe gelegene Restaurant hatte bereits seit anderthalb Stunden geschlossen. Nur an der Tankstelle weiter vorne war noch Betrieb. Aber davon mussten sie sich hier nicht stören lassen. Einige Lastwagen standen auf dem großen Parkplatz. Offenbar hatten die Fernfahrer hier ihre Nachtruhe eingelegt.

Sie zog ihre schwarze Lederjacke aus und ließ auch ihren kurzen Rock und ihr tief ausgeschnittenes Oberteil auf dem Beifahrersitz zurück, sodass sie nur noch die schwarze Reizwäsche trug. Dann kletterten sie beide auf die Ladefläche seines erst vor drei Monaten geleasten Passat Variant. Dort löste Rudolf Schuster seine Seidenkrawatte, die teurer war als eine Begegnung mit Sandy, legte sein Jackett ab und zog auch seine übrigen Kleidungsstücke aus. Obwohl er sich schon so oft mit Sandy getroffen hatte, wurde er immer noch ein bisschen nervös, bevor es zur Sache ging.

Er blickte aus dem Fenster und sah, wie ein dunkler Opel Omega auf den Parkplatz fuhr und neben dem Altglascontainer hielt. Eine Gestalt stieg aus dem Wagen, er konnte auf dem dunklen Parkplatz nur einen Schatten wahrnehmen. Er glaubte, einen Mann mit Aktenkoffer in der einen und einer brennenden Zigarette in der anderen Hand zu erkennen, schenkte ihm aber keine weitere Beachtung. Der Mann war weit genug entfernt, um das, was gleich in dem blauen Passat vor sich gehen sollte, nicht mitzubekommen.

Schuster hatte nur noch seine Socken an und widmete seine ganze Aufmerksamkeit wieder der jungen Frau, die ihre Dienste regelmäßig in den Münchner Boulevardblättern unter der Rubrik »Massagen« mit dem Werbeslogan »Blutjunge Sandy – Vollbusiger Teeny (18) verwöhnt dich! Auch Haus- und Hotelbesuche« anpries.

»Wie machen wir es heute?«, fragte sie und öffnete ihren BH, und er konnte ihre offensichtlich mit Silikon angereicherten Brüste lustvoll anblicken. Obenrum war anfassen erlaubt, hatte sie ihm beim ersten Mal erklärt. Und seitdem machte er jedes Mal regen Gebrauch davon. Für die Erlaubnis zum Küssen hätte er jedes Mal dreißig Euro zusätzlich zahlen müssen. Und dazu war der Vize-Sparkassendirektor dann doch zu knauserig.

Plötzlich schreckte die beiden ein lauter Knall auf.

Sandy fiel die halb geöffnete Präservativverpackung aus der Hand. Sie schrie auf: »Was war das?«

Ein zweiter Schuss peitschte durch die Nacht.

»Hilfe, Tom, was ist das?«, rief sie mit wimmernder Stimme.

Schuster blickte aus dem Fenster und sah, wie der Mann mit dem Aktenkoffer leblos vor dem Opel lag. Die Fahrertür stand halb offen, sodass die Innenbeleuchtung die Blutlache vor dem Kopf erkennen ließ.

»Oh, mein Gott, der ist erschossen worden!«, zischte Schuster und fügte sofort hinzu: »Kopf runter!«

Sie duckten sich beide.

Sandy flüsterte: »Glaubst du, wir sind in Ge…«

»Halt die Goschn. Ich glaub gar nichts«, fuhr er dazwischen, »ich sehe nur, dass da irgendjemand einen abgeknallt hat. Und wer sagt uns, dass der nicht auf alles schießt, was sich bewegt!«

»Du meinst so einen verrückten Heckenschützen? Wie in Amerika? Einen Sniper?«

»Du sollst den Mund halten!«

»Aber wir müssen dem doch helfen. Vielleicht lebt er noch. Hast du einen Verbandskasten im Auto?«

»Du spinnst doch, Madel!«

Eine knappe Minute war seit den Schüssen vergangen. Plötzlich näherte sich eine weitere Gestalt dem Opel. Schusters Herz raste, seine Erregung war wie weggeblasen. Er fühlte sich auf einmal unsagbar lächerlich – nackt bis auf die Socken, auf der Ladefläche seines Autos mit einer Prostituierten. Er wusste nicht, ob sie vor Angst oder vor Kälte zitterte. Jedenfalls zog sie sich ihr schwarzes Oberteil wieder an.

Sie beobachteten schweigend, wie die Person näher kam und sich umblickte. Es war ein Mann von mittelgroßer Statur. Er fühlte sich offenbar unbeobachtet und öffnete den Kofferraum des Omega, hob den auf dem Boden liegenden leblosen Körper hoch und hievte ihn ins Auto, was ihn offensichtlich einige Anstrengung kostete. Er schloss die Klappe des Kofferraums, nahm vom Beifahrersitz einen schwarzen Lederkoffer und warf auch die Fahrertür ins Schloss. Schuster sah jetzt, dass der Mann dunkle Handschuhe trug. Er ging wieder weg, nicht sonderlich schnell, aber zielstrebig zum Ende des Parkplatzes, wo die Auffahrt zur Autobahn war.

»Was macht er?«, fragte Sandy.

»Er haut ab. Das siehst du doch selbst.«

Der Unbekannte war in ein anderes Auto gestiegen und auf die A 95 Richtung Garmisch-Partenkirchen gefahren. Sie sahen seine roten Rücklichter verschwinden.

»Lass uns abhauen«, flüsterte sie. Und als er nicht reagierte, fügte sie hinzu: »Du kriegst deine Kohle zurück.«

»Hier ist ein Mord passiert. Wir können nicht einfach abhauen. Auch wenn's eine peinliche Situation für mich wird: Ich glaub, es ist besser, ich ruf die Polizei.«

Er tastete mit der Hand nach seinem Jackett, in dem sich sein Handy befand.

Sie legte ihre Hand auf seinen Unterarm und sagte: »Nein.« Und fast flehend fügte sie hinzu: »Bitte nicht! Nicht die Bullen!«

»Warum nicht?«

»Weil … ich …«

»Weil was? Mädchen, das hier ist kein Spiel. Wenn wir einfach abhauen, dann machen wir uns vielleicht selbst verdächtig. Das kann ich mir nicht leisten. Dann lieber erklären, warum ich mit einer Nutte … entschuldige! Also, was ist? Ich ruf jetzt die Polizei an.«

»Es ist, weil ich nicht legal in München bin. Ich bin hier nicht gemeldet. Ich wohne eigentlich in Berlin, gehe dort drei Tage normal zur Uni und arbeite von Donnerstag bis Sonntag im La Luna, um mein Studium zu finanzieren.«

Schuster wusste nicht, ob diese Geschichte genauso ausgedacht war wie ihr Name.

Sie redete weiter auf ihn ein: »Wenn die Bullen meine Papiere sehen wollen, dann bin ich meinen Nebenjob los. Und glaubst du vielleicht, ich zahle Steuern und Sozialabgaben von dem Geld, das du mir bezahlst?«

»Und was schlägst du jetzt vor?«

Sie sagte nichts, sondern griff nach vorne auf den Beifahrersitz und holte ihre Handtasche.

»Ich müsste seine Nummer noch drin haben«, sagte sie leise, nahm ihr Mobiltelefon und scrollte durch die Liste ihrer gespeicherten Telefonnummern. »Ja, hier ist er«, sagte sie und drückte die grüne Taste.